मनोज गर्ग

INDIA · SINGAPORE · MALAYSIA

Copyright © Manoj Garg 2024
All Rights Reserved.

ISBN
Paperback 979-8-89632-472-0
Hardcase 979-8-89673-350-8

कहानी कोई भी हो, उसका अपना कोई तय मतलब नहीं होता। मतलब अगर कुछ होता है, तो कहानी पढ़ने वाले का होता है, कहानी सुनने वाले का होता है।

कहानी बस एक ज़रिया है — ऐसा आईना, जो पढ़ने वाले को उसके अपने जज़्बात, उसके अपने सवाल और उसके अपने जवाब दिखा सके। लेकिन अक्सर लोग इस ज़रिये को ही सच मान लेते हैं। ये नाइंसाफी है — कहानी के साथ भी और उस शख्स के साथ भी, जो इसे अपने नजरिए से देखना चाहता है।

सार्थक की इस कहानी का भी कोई मतलब नहीं है। इसे पढ़ने का अगर कोई मकसद होना चाहिए, तो वो सिर्फ तुम्हारी अपनी तलाश होनी चाहिए — तुम्हारे अपने सवाल, तुम्हारे अपने मायने, और तुम्हारे अपने जवाब।

खैर!

Contents

टुकड़े

दिल्ली, सन् 2011

"मैंने लम्हा पकड़ना चाहा था

साँस कैनवस में भरना चाहा था"

सार्थक ने धीमी आवाज़ में ये पहली लाइन पढ़ी, स्टेज पर खड़े होकर उसने नज़रें उठाईं, मगर सामने दिखा सिर्फ़ ग़ुबार, लोगों की परछाइयाँ और एक घुली हुई ख़ामोशी। उसकी आवाज़ में एक हल्की सी कँपकँपाहट थी, जैसे हर लफ़्ज़ दिल के किसी ज़ख़्म को कुरेद रहा हो।

"मैंने चाहा था वक़्त थम जाता

ये ज़माना हम ही में रम जाता

शाम जाती ना, रात आती ना

ज़िंदगी एक क़दम बढ़ाती ना"

"एक लम्हे से ज़्यादा, सोचो तो

कोई रिश्ता ना कोई वादा है

एक लम्हा भी गर जीओ जी भर

लम्हा सारी उमर से ज़्यादा है"

जैसे ही उसने अपनी नज़्म पूरी की, फ़्लोर तालियों की गूंज से भर गया। सार्थक चुप खड़ा रहा, नज़रें झुकाए, किसी और ही दुनिया में ग़ुम। तालियों का शोर उसके लिए एक धुँधली सी आवाज़ बनकर रह गया, जैसे किसी बंजर मैदान में दूर से आती बारिश। उसके आसपास के लोग उसकी तारीफ़ें करने लगे, लेकिन सार्थक की आँखों में सिर्फ एक अक्स था, सना का, और उन गुज़रे हुए लम्हों का।

स्टेज से नीचे उतरते हुए, उसके क़दम लड़खड़ा गए, जैसे हर क़दम किसी पुरानी चोट पर पड़ रहा हो। लोगों की भीड़ से निकलता वो चुपचाप अपनी जगह पर लौट आया, पर उसका मन कहीं और ही था, गुज़रे वक़्त के किसी अधूरे वादे में।

***

सार्थक जो कि अपनी कंपनी का एक सुपरस्टार एम्प्लॉई था, कभी-कभार ख़ास मौक़ों पर अपनी शायरी सुनाता, आमतौर पर तो वो ऑफ़िस में अपनी ऑनसाइट ऑपर्च्युनिटी वाली कविता ही सुनाता, पर आज उसने पहले से लिखा हुआ छोड़, स्टेज पर चढ़, अपने मन के भाव लफ़्ज़ों में पिरो दिए थे।

***

सना से मिले उसे कल दस साल हो गए थे, उन दोनों ने मिलकर अपने रिश्ते के इस पड़ाव को सेलीब्रेट भी किया पर दोनों ही के दिल में एक टीस थी, दोनों ही ये जानते थे कि उनके रिश्ते की साँसें अब टूटने लगी हैं। सार्थक अपनी जगह पर बैठे पुराने दिनों को याद करने लगा, किस तरह इंजीनियरिंग के जस्ट बाद की गई उनकी शादी की कोशिश उनके घर वालों ने ठुकरा दी थी और किस तरह इस ठोकर से सार्थक कभी उभर ही नहीं पाया। उस दिन से ही उसको

8

लगने लगा कि वो समाज की इस दौड़ में अभी बहुत पीछे है, बहुत छोटा है।

और फिर कल की ही बात, गाड़ी हाईवे के एक सुनसान मोड़ पर लगी, वो दोनों गाड़ी की पीछे की सीट पर बैठे थे। रात के कोई बारह बजे होंगे, गाड़ी के अंदर बैठे वो एक-दूसरे को बस देख रहे थे, उनके बीच एक गहरा सन्नाटा था।

सना की आवाज़ उस सन्नाटे के बोझ से टूटने लगी,

"सार्थक... हम पिछले दस सालों से किस बात के लिए लड़ रहे हैं... ये सब कहाँ जाकर ख़त्म होगा"

उसकी आँखों से आँसू बह निकले।

सार्थक ने खोखले दिलासे देने की कोशिश की पर अंदर खाते उसका अपना भरोसा भी चरमरा गया था, सना का सब्र जज़्बात बन उसके लफ़्ज़ों में रिसने लगा,

"सार्थक... तुम्हें पता है... कभी-कभी मैं सोचती हूँ कि हम उस लम्हे को पकड़ने की कोशिश कर रहे हैं जो अब ख़त्म हो चुका है या शायद कभी था ही नहीं"

उसकी आवाज़ धीमी होती गई।

सना हमेशा ऐसी बातें नहीं करती थी, पर आज दसवीं सालगिरह पर अपने रिश्ते को कहीं ना पाकर वो बिखर गई। उसके लफ़्ज़ों ने सार्थक के हर जवाब को काट दिया, वो चुप ही रहा, वो जानता था इस समय उसके मुँह से निकला हर शब्द खोखला ही लगेगा। आख़िरकार उनके बीच अब बचा ही क्या था - एक अंजाना डर और टूटे सपने।

ऐसे भी सार्थक की ज़िंदगी अब बस रोज़मर्रा निभाने भर की थी, वो किसी टेप पर घूमती रील की तरह रोज़ बस वही सब काम दोहराता जैसे रील में वही गाना बार-बार बज रहा

हो, अपने मन के सवालों से बचने के लिए वो देर रात तक ऑफ़िस का काम करता, अपने आप को बिज़ी रखने की हर कोशिश करता।

बिस्तर पर लगते ही उसका मन उसे पुरानी यादों में ले जाता था, अक्सर उसकी रातें बिस्तर पर पड़े पुरानी ख़ूबसूरत दुनिया में ही कटती। कैसे सना उसकी ज़िंदगी में मौजूद दुख के हर बादल को काट चमकते हुए सूरज सी जान पड़ती थी, वो अपने को दो राहों में बँटा पाता, जो वो सना के साथ उन दिनों था और जो वो अब बनता जा रहा था।

उसके साथ हमेशा अब एक अजीब सा अकेलापन रहता, उसे हर उस चीज़ से डर महसूस होता जो उसको कभी बहुत प्यारी थी, वो सोचता कि ये डर क्या सिर्फ सना को खो देने का है या फिर ख़ुद अपने आप को।

नींव

दिल्ली, सन् 2000

सार्थक घर के बरामदे में बैठा अपने दोस्तों की एंट्रेंस कोचिंग जॉइन करने की बातें सोच रहा था, तभी उसने अपने पापा से उसी बारे में बात छेड़ दी।

"पापा... पैसा ही सब कुछ होता है क्या?"

सार्थक ने धीमी आवाज़ में कहा।

पापा शायद कूलर का पंप ठीक कर रहे थे, वो रुके, एक पल के लिए कुछ सोचने लगे, फिर बोले,

"पैसा सब कुछ नहीं होता बेटा... पैसा सिर्फ़ एक ज़रिया है... जीने के लिए एक सहारा... लेकिन ज़िंदगी में असली चीज़ है इंसान का जज़्बा और उसके रिश्ते"

सार्थक ने अपने पैर की उँगलियों से मिट्टी को खुरचते हुए कहा,

"लेकिन पापा, बिना पैसों के तो लोग कुछ भी नहीं समझते, आजकल हर चीज़ का रेट है"

पापा ने अपने चश्मे के नीचे से देखा, एक थकी सी मुस्कुराहट उनके चेहरे पर थी। उन्होंने कहा,

"कुछ चीज़ें होती हैं जो पैसे से नहीं मिलतीं... जैसे तेरा सपना... जैसे तेरा ये जज़्बा कि तू कुछ बड़ा करके दिखाएगा... पैसा ज़रूरी है पर वो इंसान से बड़ा नहीं है"

और वापस कूलर ठीक करने लगे।

सार्थक थोड़ा परेशान था, उसकी बातें जैसे अधूरी थीं

"पर पापा देखो ना अब आप कूलर ठीक कर रहे हो जबकि अगर हम नया कूलर ले आएँ तो ये सब नहीं करना पड़ेगा... पर उसके लिए पैसे चाहिए है ना?"

तभी कूलर चल पड़ा, उसके पापा के चेहरे पर सुकून था वो बोले -

"देखा? जब कोई चीज़ पुरानी होती है तब उसे समझ के संभालना ज़रूरी है... अगर संभाल लो तो वही पुरानी चीज़ नई बन जाती है"

सार्थक के चेहरे पर उलझन कम ना होते देख, उन्होंने आगे कहा,

"और सुन... मैंने ऑफिस में बात कर ली है... वो लोग मुझे तेरी आगे की पढ़ाई के लिए पचास हज़ार एडवांस देने के लिए तैयार हैं"

सार्थक के चेहरे पे एक अजीब सी हैरानी थी, मानो उसने सुना हो, पर समझ नहीं पाया,

"पर पापा... कैसे?"

पापा अपनी आवाज़ को मज़बूत बनाते हुए बोले,

"तू उसकी चिंता मत कर... तू ये सोच... सरकारी स्कूल में एडमिशन ले, साथ में कोचिंग जाकर पढ़ना है... या बिना एंट्रेंस कोचिंग के प्राइवेट स्कूल जाकर"

कूलर का पंखा धीरे-धीरे चल रहा था, रात और गहरी होती जा रही थी। सार्थक की नज़रों में पापा के लिए इज़्ज़त और गहरी गई, जैसे उसने ये समझ लिया हो कि ये छोटी-छोटी, ना के बराबर लगने वाली बातें ही उसकी ज़िंदगी की नींव हैं।

शबनम

सार्थक अपनी कोचिंग के बाहर खड़ा सिगरेट के धुएँ को हवा में घुलता देख रहा था, उसका दिमाग कहीं और ही उलझा हुआ था - घर की परेशानियाँ, पढ़ाई का प्रेशर और सबसे ज्यादा, अपने आने वाले टाइम को लेकर एक अजीब सी उलझन।

तभी एक बड़ी सी कार हवा से बातें करती हुई उसके सामने से गुज़री, वो पकड़ पाया तो सिर्फ़ इतना कि कार की पिछली नंबर प्लेट पर बड़ा बड़ा लिखा था - "प्रिन्सेस"

सार्थक ने सिगरेट का एक गहरा कश लिया और अंदर ही अंदर कुछ कलप गया,

"ये साले मौज मार रहे हैं अपने बाप के पैसों पर"

उसने धीरे से अपने आप से कहा।

उसने ख़ुद को एक लम्हे के लिए छोटा महसूस किया। सपने उसके भी थे, लेकिन इन लोगों के पास पैसा भी था, सपने भी और ज़िंदगी की वो सारी राहत जो उसको कभी छूकर भी नहीं गुज़री।

सिगरेट को पैर के नीचे मसल कर, उसने कोचिंग की तरफ़ कदम बढ़ाए। लिफ़्ट के अंदर ख़ामोशी थी, लेकिन सार्थक के अंदर घंटियाँ बज रही थीं — घर, ज़िम्मेदारी, पढ़ाई, सब कुछ एक साथ दिमाग में घूम रहा था।

***

सार्थक जैसे ही लिफ़्ट से बाहर निकला, उसकी नज़रें एक लड़की पर टिक गईं जो सामने से चलती आ रही थी। उसकी चाल में एक नज़ाकत थी, जैसे हवा में फूल लहरा रहे हों।

बड़ी बड़ी काली आँखें इधर उधर मटक ना जाने क्या ढूँढ रही थीं। हिप्स तक आते लंबे खुले बाल बाईं तरफ़ पड़े लहरा रहे थे, दाएँ कान में झूलता बूँदा हर क़दम के साथ आगे पीछे होता था, चेहरे पे पड़ा असमंजस भी क्या ख़ूब दिखाई पड़ता था।

सार्थक ने मन ही मन सोचा, ये जब मुस्कुराती होगी तो सारा समाँ मुस्कुरा देता होगा। सार्थक उसे नीची नज़र से देखता ही रहा जैसे बहते इंद्रधनुष से रंग चुरा रहा हो।

उसने सार्थक को देखा और उसी की ओर बढ़ने लगी।

सार्थक की नज़रें उससे मिलते ही ख़ुद ब ख़ुद नीचे हो गईं... मानो उसने सूरज से नज़रें मिला ली हों... लेकिन नज़रें नीचे करके भी वो सूरज ही की तरह उसे देखता रहा

जैसे जैसे वो पास आने लगी सार्थक को एहसास होने लगा कि वो अपने पहलू में कई तरह के जादू समेटे आई है, जैसे दुनिया उसके आस पास थोड़ा ज़्यादा ख़ूबसूरत हो जाती हो।

उसकी बड़ी बड़ी आँखों में कहानियाँ थीं, एक ऐसी दुनिया की जो सार्थक ने कभी देखी नहीं, पर जिसे वो सोचा करता था। उन आँखों में एक रोशनी थी, एक धूप जो कभी ढलती नहीं, और वही रोशनी उसे उस लड़की की तरफ़ खींच रही थी। उसने सोचा,

"ये लड़की सिर्फ़ ख़ूबसूरत नहीं... अपने आप में एक नग़मा है... एक कहानी... इसमें कोई तो बात है जो मैंने आज तक देखी नहीं"

तभी वो हल्की हल्की सी छम छम की आवाज़ सार्थक के पास आ पहुँची,

"एक्सक्यूज़ मी"

उसकी आवाज़ में एक नरमी थी

"क्या तुम्हें पता है बैच फाइव की क्लास कहाँ है? आज से इंजीनियरिंग का प्रिपरेशन कोर्स शुरू हो रहा है, वही वाली।"

सार्थक के कानों में जैसे शहद घुल गया, उसने कहाँ सोचा था कि इस कोचिंग में, जहाँ सिर्फ़ अमीरों के बच्चे नाम के लिए पढ़ते हैं, उससे कोई बात भी करेगा। और फिर ये लड़की, सार्थक को ये एक सपना ही लग रहा था।

सार्थक थोड़ा हिचकिचा गया,

"हाँ, वही तो... मैं भी उसी बैच में हूँ। तुम... तुम भी?"

वो हल्का सा मुस्कुराई, जैसे सार्थक के दिल को थोड़ा और पिघलाने के लिए ही,

"हाँ, मैं भी... अच्छा है... हम साथ ही चल लेते हैं"

सार्थक ने अपने आपको थोड़ा सँभालते हुए हाथ आगे करके कहा,

"मैं सार्थक हूँ... और तुम?"

"मैं संध्या"

उस लड़की ने हाथ मिलाते हुए जवाब दिया।

उससे हाथ मिलाते ही सार्थक के दिल में एक अजीब सा एहसास दौड़ गया। पहली बार, बहुत लंबे वक़्त बाद, उसे लगा जैसे दुनिया का बोझ उसके सीने से उतर गया हो। उसके हाथ की हल्की सी ठंडक ने सार्थक के दिल को एक अजीब सी तसल्ली दी, जैसे ज़िंदगी के तमाम दर्द एक पल के लिए रुक गए हों। एक पल के लिए, उसने अपने मन में सोचा, शायद ज़िंदगी इतनी भारी भी नहीं जितनी अब तक लगती थी।

वो सोचने लगा... *इतनी ख़ूबसूरत लड़की का नाम संध्या क्यों रखा होगा? ये तो ख़ुद रोशनी है, बिल्कुल उजली धूप सी...*

***

सार्थक बस की पिछली सीट पर खिड़की के पास बैठा था। बाहर धूप धीरे-धीरे ढल रही थी, लेकिन उसके अंदर एक नया सूरज उग रहा था। उसकी आँखें खिड़की से बाहर थीं, लेकिन मन कहीं और ही था - संध्या के आस-पास, उसकी मुस्कान के आस-पास, उसकी बड़ी-बड़ी आँखों के गहराइयों में।

"संध्या"

उसने अपने आप से धीरे से कहा, फिर रुका।

"नहीं... ये नाम उसके लिए नहीं हो सकता"

उसको मन में कुछ अजीब सा लगा, जैसे संध्या नाम उस लड़की की चमक को कम कर रहा हो। उसने उसके चेहरे का नूर देखा था, जो किसी संध्या का हो ही नहीं सकता था।

"वो तो एक सुबह है... एक नई रोशनी है... उसका नाम संध्या नहीं होना चाहिए"

सार्थक अपने आप से बातें करते हुए मुस्कुरा दिया।

"सना... हाँ, सना... ये नाम उसके लिए सही रहेगा... एक नाम जो उसके रूप के जितना ही ख़ूबसूरत है... उसके चेहरे जितना चमकदार"

उसने सोचा, "सना और सार्थक..."

उसके मन में एक सपना सा थिरक गया।

बस, धीरे-धीरे अपने रुख पर बढ़ रही थी, लेकिन सार्थक अपने सपनों में कहीं दूर जा चुका था। उसने अपनी आने वाली ज़िंदगी के पल एक-एक कर के समेट लिए — सना के साथ कॉलेज जाना, उसका हाथ थाम कर साथ चलते जाना, और एक दिन, एक दिन उसके साथ ज़िंदगी बनाना। उसने अपने दिल को यह समझाया कि वो सिर्फ़ उसकी है, और चाहे उसका आज कुछ भी हो, सार्थक उसका कल हो सकता है।

उसका मन सपनों की कहानियाँ बुनने लगा, हर लम्हा सना के नाम का रंग भरने लगा। उसका चेहरा, उसकी आवाज़, उसकी वो मुस्कुराहट, सार्थक अपनी दुनिया में इतना खो गया था कि बस कब अपने रास्ते पे आगे निकल गई, उसे पता ही नहीं चला।

फिर अचानक एक हाथ उसके कंधे पर लगा।

"अरे भैया, उतरोगे नहीं? अंतिम स्टॉप है," कंडक्टर ने उससे कहा।

सार्थक होश में आया तो देखा कि बस ख़ाली हो चुकी थी, और वो कहीं और ही पहुँच गया था। बस का आख़िरी स्टॉप, जो उसके घर से लगभग 20 किलोमीटर दूर था।

"हाँ... हाँ..."

सार्थक जल्दी से उठा और बस से उतर गया, लेकिन उसके चेहरे पर एक छोटी सी मुस्कान थी।

उसने अपने आप से फिर कहा, "सना... अब से संध्या नहीं... सिर्फ़ सना"

***

सार्थक ने सुबह अपनी आँखें खोली तो उसका मन बेचैन था, लेकिन बेचैनी दर्द से नहीं, एक नई उम्मीद से थी। उसके दिल में एक अजीब सी ख़ुशी थी जो उसे अपने बेड से जल्दी उठने पर मजबूर कर रही थी। आज उसे फिर से सना से मिलना था, और यह ख़याल ही उसके मन में एक अजीब सी गुनगुनाहट भर रहा था।

तैयार होते वक़्त उसका मन बस एक ही चीज़ सोच रहा था - कल सना ने कैसे उससे बात की थी, उसकी मुस्कान,

उसकी आवाज़, उसकी आँखें और उसकी मदहोशी। उसने अपने कपड़े चुने, जो उसने कभी इतना सोच समझकर नहीं चुने थे। आज सब कुछ परफ़ेक्ट होना चाहिए था, क्योंकि आज सना से फिर मुलाक़ात होगी। बालों को सँभालते हुए, अपनी शर्ट को बिल्कुल सीधा करते हुए, सार्थक को बस एक ही ख़याल था,

"आज सना से बात करनी है... और कुछ और जानने की कोशिश करनी है..."

वो क्लास में उसी जगह जाकर बैठा, जहाँ कल सना उसके साथ बैठी थी, और उसने सोचा,

"आज भी वो यहीं आएगी... इसी जगह"

और वो भी वहीं आकर बैठी।

अगले एक हफ़्ते तक ऐसा ही चलता रहा। हर दिन वो जल्दी कोचिंग पहुँचता, वही सीट चुनता, और सना के आने का इंतज़ार करता। उनका रिश्ता धीरे-धीरे बढ़ रहा था। पहले दिन उन्होंने सिर्फ़ पढ़ाई के बारे में बात की, दूसरे दिन थोड़ा और - स्कूल वग़ैरा के बारे में, उनके शौक़ के बारे में। सार्थक हर दिन थोड़ा और खुलने लगा, और सना भी धीरे-धीरे उससे कुछ ज़्यादा बात करने लग गई थी।

एक दिन, सना सार्थक से भी पहले पहुँच गई, दस मिनट जल्दी। उसने सार्थक को देखते ही कहा,

"सार्थक! तुमने अपना फ़िज़िक्स का असाइनमेंट पूरा कर लिया?"

सार्थक ने मुस्करा कर कहा,

"हाँ... कल रात को ही ख़त्म किया... तुमने किया?"

सना ने थोड़ा शर्माते हुए कहा,

"नहीं यार... मुझे समझ नहीं आया... तुम अपना दिखाना... मैं कॉपी कर लेती हूँ"

सार्थक ने एक ही पल में अपना असाइनमेंट बैग से निकाल दिया, और सना उससे जल्दी से कॉपी करने लगी। उसके हाथ तेज़ी से चल रहे थे, लेकिन वो रुक रुक के मुस्कुराती तो सार्थक निहाल हो जाता। जब असाइनमेंट ख़त्म हुआ, सना ने एक छोटी सी मुस्कान के साथ उससे कहा,

"थैंक्स, सार्थक! तुमने बचा लिया"

और फिर बिना किसी अगले पल का सोचे, सना ने उससे धीरे से एक छोटा सा हग किया। सार्थक का मन एक पल के लिए थम गया, जैसे सब कुछ रुक गया हो। उसके सीने के पास सना के हाथ का हल्का सा टच, सना पलट गई, लेकिन सार्थक अब तक वहीं खड़ा था, मुस्कुराते हुए।

उस पल ने उसके लिए ज़िंदगी के नए सपने बुन दिए।

***

कुछ दिन बाद...

आज फिज़िक्स का टेस्ट था, क्लास का माहौल एक अजीब सी घबराहट से भरा हुआ था, सब अपने-अपने पेपर्स में इतना घुसे हुए थे कि किसी ने किसी को देखा भी नहीं। सार्थक अपनी शीट पर तेज़ी से लिख रहा था, लेकिन जब उसने साइड में देखा, तो उसकी नज़र एक पल के लिए रुक गई — सना।

सना का चेहरा टेंशन से भरा था, उसकी आँखों में एक घबराहट थी, जैसे पेपर उसके हाथ से निकल चुका हो। उसके हाथ तेज़ी से आंसर शीट पर चल रहे थे, पर उसका चेहरा सब कुछ बता रहा था — उसे कुछ समझ नहीं आ रहा था।

सार्थक का दिल डूब गया। कैसे वो चुप-चाप बैठा रहे, जब सना इतनी मुश्किल में थी? टीचर क्लास में इधर-उधर हो रहा था, जैसे कभी भी पकड़ लेगा। किसी से बात करना या चीट करना तो दूर की बात थी, नज़र मिलाना भी ख़ौफ़ का काम था।

सार्थक के दिमाग़ में तुरंत एक तरकीब आई। उसने अपनी आंसर शीट देखी, जिसमें सब कुछ ठीक था। टेस्ट उसके लिए मुश्किल नहीं था, पर सना के लिए ये एक दुश्मन बन गया था।

उसने अपनी आंसर शीट को धीरे से डेस्क के कोने पर खिसकाया। सना की नज़र एक पल के लिए उसपर पड़ी, और सार्थक ने अपने हाथ से इशारा किया, जैसे कह रहा हो, "ले लो"।

सना झिझकी, पर सार्थक की आँखों में जो दोस्ती थी, उसने उसे इस बात के लिए मजबूर कर दिया। और जैसे

ही टीचर का ध्यान कहीं और गया, दोनों ने अपनी आंसर शीट्स बदल लीं।

जब टेस्ट ख़त्म हुआ, और टीचर ने पेपर्स कलेक्ट किए, तो सार्थक के मन में एक अजीब सी शांति थी। उसे पता था की अब सना को डाँट नहीं पड़ेगी।

जब पेपर्स चेक हुए, तो सना के माक्र्स सबसे अच्छे आए। टीचर ने सबके सामने सना की तारीफ़ की, और सार्थक पर थोड़ा नाराज़गी दिखाई,

"तुमसे ज़्यादा उम्मीद थी सार्थक" टीचर ने कहा,

"लेकिन लगता है तुमने इस बार ध्यान नहीं दिया!"

जैसे ही क्लास ख़त्म हुई, सना ने सार्थक को एक नई नज़र से देखा। वो आकर उसके पास खड़ी हो गई।

"थैंक यू, सार्थक," उसने धीरे से कहा।

सार्थक सिर्फ़ मुस्कुराया, पर उस पल वो सना को कुछ कह नहीं पाया।

क्लास के बाद, जब सार्थक अपनी किताबें समेट रहा था, तभी सना उसके पास आई, "तुम्हारे पास टाइम बचा है? कॉफ़ी चले?"

उसकी आवाज़ में एक नर्मी थी, जो सार्थक को ठग गई।

सार्थक ने धीरे से हाँ में सिर हिलाया, लेकिन उसके अंदर एक अजीब सी हलचल मच गई।

***

सार्थक के लिए ये सब एक अजीब सा अनुभव था - उसने कभी अपने सपनों में भी नहीं सोचा था कि वो ऐसी किसी

लड़की के साथ गाड़ी में होगा, जिसका अपना एक अच्छा ख़ासा स्टेटस हो।

रास्ते भर सार्थक छुप-छुप के सना को देखता रहा। उसके चेहरे पे जो मुस्कान थी, वो सार्थक के दिल में घंटियाँ बजाती रही। उस पल में, उसने पहली बार महसूस किया कि सना सिर्फ़ एक ख़ूबसूरत लड़की नहीं, बल्कि उसके सपनों की परिभाषा थी।

कॉफ़ी शॉप के बाहर गाड़ी रुकी, और दोनों अंदर चले गए। सार्थक जितना भी कैज़ुअल रहने की कोशिश कर रहा था, अंदर से वो थोड़ा नर्वस था। सना ने कॉफ़ी ऑर्डर की और सार्थक की तरफ़ मुस्कुराते हुए देखा।

वो दोनों कैफ़ेटेरिया के एक छोटी सी टेबल पर बैठे। सना के हाथ में कॉफ़ी का कप था, और सार्थक उसी कप के आस-पास अपनी उंगली घुमा रहा था। आँखों से जैसे बात हो रही थी, पर दोनों के बीच एक अजीब सी ख़ामोशी थी।

सना ने कॉफ़ी का एक छोटा सा सिप लिया, फिर थोड़ा झिझकते हुए बोली,

"वैसे... आज तुम्हारे बिना मेरी तो वाट लग जाती... थैंक यू वंस अगेन... मैं तुम्हें घर ड्रॉप कर दूँगी"

सार्थक थोड़ा हिचकिचाया,

"नहीं, मैं बस से चला जाऊँगा, इट्स फाइन"

सना ने अपनी कार की चाबी घुमाते हुए बोला,

"बात बस की नहीं है, आज तुम मेरे गेस्ट हो... लेट मी स्पॉइल यू फॉर ए चेंज"

सार्थक ने हाथ उठा कर मना करना चाहा, पर फिर उसने हाथ नीचे कर दिया। सना के चेहरे पे आज एक अलग शरारत थी, जिसे सार्थक मना नहीं कर पाया।

सार्थक के घर पहुँच सना ने धीरे से गाड़ी रोकी, और एक पल के लिए चुप बैठी रही। फिर, बिना कुछ कहे, उसने सीट बेल्ट खोला, गाड़ी से बाहर आई, और सार्थक की तरफ़ जाने लगी। उसने गाड़ी का दरवाज़ा खोला, सार्थक को उतरने को कहा और फिर अचानक से उसके गाल पर एक छोटी सी किस कर दी।

"गुडबाय, सार्थक... सी यू टुमॉरो"

उसने इतने प्यार से कहा जैसे ये एक आम सी बात हो।

पर सार्थक के लिए वो एक पल दुनिया भर की ख़ुशियों का था। वो उस रात एक पल भी ना सोया। सना का वो एक छोटा सा टच, उसकी प्यार भरी एक किस - सार्थक के दिल में एक नए सपने की शुरुआत थी।

***

सना और सार्थक का कच्चा रिश्ता अब अपनी उम्र की पहली दहलीज़ पार करने लगा था।

रोज़ ही सना, सार्थक को कॉफ़ी के लिए पूछती और फिर कुछ समय साथ में बिताने के बाद उसे घर ड्रॉप कर देती। सार्थक के लिए ये दिन का बेस्ट टाइम होता था।

धीरे-धीरे ही सही पर उन पर एक-दूसरे के पक्के रंग चढ़ने लगे थे।

दिन-ब-दिन सना की शरारतें, बातें और आँखें और गहरी होती जा रही थीं, असाइनमेंट से शुरू हुई बातें अब स्कूल और हॉबीज़ से होती हुईं उनके सपनों पर पहुँच गईं।

एक दिन, कॉफ़ी के कप से उठती भाप के बीच, सना ने हमेशा की तरह एक नई बात छेड़ दी,

"तुम्हारे सपने क्या हैं सार्थक?"

सार्थक ने एक पल के लिए सोचा, फिर मुस्कुराते हुए बोला,

"सपने? बस इतना है कि घरवालों का ख़याल रखूँ और अपनी जगह बनाऊँ"

सना उसकी बात काटते हुए बोली,

"सपने सिर्फ़ काम के लिए नहीं होते, सार्थक... ज़िंदगी में अपनी ख़ुशी के लिए भी कुछ सपने होने चाहिए..."

सार्थक उसकी बातों में खो गया। पहली बार उसने अपने लिए कुछ नया सोचा, लेकिन जवाब सिंपल रखा,

"तुम्हारे सपने क्या हैं?"

सना थोड़ी देर चुप रही, फिर धीरे से मुस्कुराई और बोली,

"सपने तो बहुत हैं... पर फ़िलहाल... तुम्हारे साथ वक़्त बिताने का सपना है"

सार्थक के दिल में कुछ मचल सा गया। उसके साथ वक़्त बिताने का "सपना", सना को भला सार्थक जैसे के लिए सपनों की कहाँ ज़रूरत!

***

सना का बहका मन, अगले दिन फिर एक नई जुगत लगा लाया, उसने कॉफ़ी की जगह डिनर की बात सुझाई,

"सार्थक, कॉफ़ी तो रोज़-रोज़ हो गई... आज डिनर पे चलते हैं... तुमने कभी किसी फ़ैंसी रेस्टोरेंट में डिनर किया है?"

सार्थक ने हैरान होकर कहा,

"फ़ैंसी रेस्टोरेंट? नहीं, वैसे तो नहीं"

सना के चेहरे पे एक चमक आ गई, जैसे उसने कोई ख़ज़ाना ढूंढ लिया हो,

"तो आज चलते हैं... एक नया एक्सपीरियंस लेना चाहिए तुम्हें"

डिनर के लिए सना ने एक ऐसा रेस्टोरेंट चुना जो शहर की सबसे लैविश जगहों में से एक था। झिलमिलाती लाइट्स, शीशे की दीवारें, और साथ में क्लासिकल म्यूज़िक का हल्का सा सुर, ये जगह सार्थक के लिए एक सपने जैसी थी। जब वो रेस्टोरेंट के एंट्रेंस पर पहुँचे, तो सार्थक के पैर जैसे रुक गए।

सार्थक ने अंदर जाकर मेन्यू देखा तो उसका सिर घूमने लगा। हर डिश के सामने एक फ़ैंसी नाम और रेट देख के लगता था जैसे ये कोई दूसरी दुनिया हो।

सना ने मेन्यू की तरफ़ देखा और उसकी आँखों में एक शैतानी सी दौड़ गई,

"तुम्हें पता है... ज़िंदगी के हर रंग को फील करना ज़रूरी होता है... ये सब तुम्हारे लिए नया है लेकिन भरोसा करो... तुम्हें मज़ा आएगा"

सार्थक ने थोड़ा घबराते हुए कहा,

"इतना खर्च... मुझे तो आदत नहीं है"

सना ने उसके हाथ पर अपने हाथ रखा, जैसे उसका डर दूर कर रही हो,

"तुम्हें चिंता करने की ज़रूरत नहीं है... तुम आज भी मेरे गेस्ट हो... और आगे भी हमेशा रहोगे"

खाने का इंतज़ार करते सार्थक, सना को बस देखता रहा और सना उसे, ऐसा लगता था मानो सना सार्थक की आँखों में कुछ पढ़ना चाह रही हो।

खाने के दौरान सना ने बड़े प्यार से सार्थक की तरफ़ देखा और धीरे से कहा,

"ज़िंदगी सिर्फ़ सपनों के पीछे भागने का नाम नहीं सार्थक... कभी-कभी रुक कर अपनी ख़ुशी के लिए भी कुछ पल जी लेने चाहिए"

जब डिनर के बाद वो कार में वापस जा रहे थे, सार्थक के मन में एक अजीब सी टेंशन थी - वो सोचता रहा कि सना की बातों का मतलब क्या था?

सना ने उसे आज भी घर ड्रॉप किया और आख़िरी लम्हों में धीरे से बोली,

"तुम थोड़ा मुस्कुराओ ना, सार्थक... तुम्हारी एक हँसी देखने के लिए मुझे क्या-क्या पापड़ बेलने पड़ते हैं"

***

सार्थक अपने घर के सामने खड़ा था, थोड़ा घबराया हुआ, थोड़ा परेशान। सना ने आज उसे फ़ोन करके कहा था कि उसे कुछ शॉपिंग करवानी है, उसके बाद जैसे सार्थक को अपनी सारी जीन्स-टीशर्ट और ख़राब लगने लगी। उसने दस बार अपनी अलमारी टटोली पर उसे सब कपड़े एक से ही लगते थे।

कार सामने से आई और थोड़ा आगे निकल के रुकी। सार्थक का ध्यान आज फिर उस "प्रिंसेस" वाले टैग पर गया, उसने अंदर दाखिल होते ही सना से पूछा,

"सना... ये कार पर प्रिंसेस क्यों लिखा है?"

सना ने मुस्कुराते हुए कहा,

"हाँ... प्रिंसेस लिखा है! मुझे अपने प्रिंस को पिक करने आना होता है ना इसीलिए"

ये कहकर वो ज़ोर ज़ोर से हँसी,

उसकी आँखों में एक शरारत थी जो सार्थक को थोड़ा और बेचैन कर गई।

सार्थक कार में बैठा और दोनों मॉल की तरफ़ निकल गए। जिस जगह पे वो लोग पहुँचे, वो शहर का सबसे बड़ा मॉल था। बाहर बड़ी-बड़ी डिज़ाइनर शॉप्स के बोर्ड थे, जिनके नाम भी सार्थक ठीक से पढ़ना नहीं जानता था।

मॉल के अंदर जाते ही सना ने सार्थक का हाथ पकड़ लिया, और उसे एक बड़े शोरूम की तरफ़ ले गई,

"आज तुम्हारा वार्डरोब चेंज होगा... और मैं तुम्हारे लिए ख़ुद सब कुछ पसंद करने वाली हूँ!"

सार्थक थोड़ा घबरा गया, उसने धीरे से कहा,

"सना... इन सब की ज़रूरत नहीं है... इतना पैसा खर्च करना... मैं ये सब अफ़्फ़ोर्ड नहीं कर सकता"

सना ने उसकी बात बीच में ही काट दी, उसके हाथ को और कस के पकड़ते हुए बोली,

"तुम्हें स्माइल करता देखने भर के चोंचले हैं ये सार्थक... और कुछ नहीं"

ये कहते हुए उसकी आँखों में शरारत नहीं एक गहराई थी, जिसे सार्थक पढ़ ना पाया।

तभी सना ने एक फ़ॉर्मल सी शर्ट उसके हाथ में दी और कहा,

"चलो... पहनो और बताओ कैसी लग रही है... मैं तुम्हें नए रंगों में देखना चाहती हूँ"

सार्थक चेंजिंग रूम में जाता, नए-नए कपड़े पहनता और बाहर आता, सना उसको निहारती और हाँ में सिर हिलाती, कुछ देर में उसने सार्थक के लिए कपड़ों का एक ढेर बटोर लिया और बोली,

"परफ़ेक्ट। बस अब तुम्हें मैं ऐसे ही देखना चाहती हूँ हर रोज़"

सार्थक को ये सब अजीब लग रहा था, लेकिन उसने अपने आप को ज़्यादा शिकायत करने से रोका। शॉपिंग सेशन लंबा चला, हर बार सना नई-नई चीज़ें निकालती, सार्थक थोड़ा झिझक के साथ उन्हें ट्राई करता, और सना हर बार ख़ुश हो जाती थी।

शॉपिंग के बाद जब सार्थक ने बिलिंग सेक्शन में उसकी तरफ़ देखा, उसने फिर बोला, "सना सुनो... ये सब बहुत ज़्यादा है... मैं इतना तुम्हें कभी नहीं दे पाऊँगा"

सना ने उसकी तरफ़ देखा, उसकी आँखों में आँखें डाली और बोली,

"सार्थक तुम बस पैसों की सोच रहे हो... और मैं तुम्हारी ख़ुशी की... हमारी ख़ुशी की... तुम्हारी स्माइल से ज़्यादा कीमती मेरे लिए कुछ नहीं... मैं तुम्हें हर दिन इस दुनिया का सबसे ख़ुश लड़का देखना चाहती हूँ... बाक़ी सब तो बस बहाना है"

सार्थक कुछ बोल नहीं पाया। उसने सिर्फ़ एक पल सना को देखा, और कुछ नहीं कहा, पर अंदर खाते उसका मन हुआ कि उसको अपनी बाँहों में खींच गले से लगा ले।

***

सना ने फ़ोन पर सार्थक को कोचिंग ना जाकर उसके घर आने को कहा, उसने कहा कि उसे कुछ कॉन्सेप्ट्स क्लियर करने हैं और सार्थक उसे पढ़ा देगा तो मदद होगी।

सार्थक को खटका लगा क्योंकि वो उसको रोज़ कोचिंग में क्लासेस के बाद पढ़ाता ही था, और ऊपर से सना का कोई ख़ास ध्यान पढ़ाई में इन दिनों था भी नहीं। अगर सार्थक उसे समझाता तो वो कहती,

"तुम हम दोनों के हिस्से का पढ़ तो लेते हो... मुझे क्या करना है पढ़के!"

ख़ैर सार्थक उसे मना तो नहीं ही कर सकता था, उसने अपने नोट्स के रजिस्टर बैग में भरे और बस पकड़ कर चल पड़ा।

सार्थक ने सना की कॉलोनी के घर सिर्फ़ दूर से देखे थे, अंदर जाना तो दूर पास जाने की भी कभी उसकी हिम्मत नहीं पड़ी थी, आज भी वो डरता-डरता उसके घर के सामने पहुँचा।

सार्थक अभी बाहर खड़ा हिम्मत ही जुटा रहा था तभी गेट पर बैठे गार्ड ने उसे आवाज़ दी,

"क्यों रे लड़के क्या चाहिए... भाग यहाँ से!"

सार्थक को अचानक समाज में अपनी जगह याद आ गई, कहाँ वो, एक छोटे से फ्लैट में रहने वाला और कहाँ सना का आलीशान घर।

ख़ैर, उसने झेंपते हुए गार्ड से कहा,

"संध्या मैडम से मिलना है... उन्होंने बुलाया है... सार्थक नाम है मेरा"

गार्ड ने शायद अंदर फ़ोन मिलाया और फ़ोन रख सार्थक को सलाम साहब बोल के अंदर जाने दिया।

सार्थक अंदर दाख़िल हुआ तो उसने देखा सना भागी-भागी गेट की तरफ़ आ रही थी,

वो भागती-भागती सार्थक से गले लग गई, सार्थक घबरा गया और उसने उसे दूर कर दिया, वो गार्ड की बात से अभी तक उभर नहीं पाया था,

उसने सना से कहा,

"कितना बड़ा घर है तुम्हारा"

ये बोलते हुए उसकी आवाज़ में कँपकँपाहट थी

सना मुस्कुरा दी और आँखें मटकाते हुए बोली,

"हाँ बड़ा घर है... और आप इस बड़े घर के बड़े मेहमान... जिनकी ख़िदमत के लिए घर में सिर्फ़ आपकी ये कनीज़ हाज़िर हुई है और कोई नहीं"

उसने थोड़ा झुक के अपना हाथ घुमाते हुए कहा

सना के अंदाज़ पर सार्थक भी मुस्कुरा दिया, लेकिन उसकी मुस्कुराहट में अब भी हल्की सी बेचैनी थी। सना ने उसका हाथ थाम लिया और उसे अंदर ले गई।

सना का स्टडी रूम किसी भी पैमाने पे स्टडी रूम नहीं लगता था, सार्थक का सारा घर ही शायद इतना बड़ा था। एक तरफ़ टेबल और चेयर, एक तरफ़ लाइब्रेरी, एक तरफ़ कंप्यूटर, तो एक तरफ़ आराम करने के लिए आराम कुर्सी पड़ी थी, सार्थक सहम गया।

उसने टेबल पे लगी एक चेयर पकड़ ली, अपने नोट्स के रजिस्टर निकाले और सीरियस टोन में सना से बोला,

"बताओ कौन से कॉन्सेप्ट्स क्लियर नहीं हो रहे... उन्हें डिस्कस कर लेते हैं"

लेकिन सना का ध्यान पढ़ाई से ज़्यादा शरारत करने में था। उसने सार्थक के बिल्कुल सामने एक चेयर खींच ली और एक आह भर कर कहा,

"पढ़ लेंगे सार्थक... तुम तो आते ही फ़िज़िक्स की बातें करने लगे... सिर्फ़ स्टडीज़ पर ही ध्यान दोगे... थोड़ा अपने स्टूडेंट पर भी ध्यान दे दो ना"

सार्थक ने कुछ नहीं कहा, अगर गार्ड ने सार्थक को टोका ना होता तो वो सना की इन हरकतों पर मचल गया होता, पर अभी उसके मन के जज़्बात कुछ अलग थे।

और जहाँ तक सना को देखने की बात वो तो उसने उसे भागते आते में ही देख लिया था, जूड़े में बँधे बाल ऐसे लगते थे मानो किसी ने झरने का बहाव रोक रखा हो, जाँघों से जस्ट पहले ख़त्म होती टीशर्ट और उससे झाँकते शॉर्ट्स, किसी का भी मन मचला सकते थे, आज सना नज़ाकत से ज़्यादा शरारत पर ध्यान दे रही थी।

सार्थक के फिर कहने पर सना ने उसके साथ अनमने मन से कुछ टॉपिक्स डिस्कस करने शुरू किए, डिस्कस करता सार्थक चेयर से उठ जब सना के पास उसके आंसर्स देखने पहुँचा तो सना उसका शर्ट का ऊपर वाला बटन एक उँगली से उचकाते हुए बोली,

"मेरे बुद्धू, तुम्हारे पढ़ाए कॉन्सेप्ट्स तो क्लियर हो ही जाएँगे... तुम भी तो मेरे पढ़ाया समझो... तभी तो मैं तुम्हारे कॉन्सेप्ट्स क्लियर कर पाऊँगी"

सार्थक ने क़दम पीछे खींच लिए और जाकर आराम कुर्सी पर बैठ गया। उसका मन तो था कि वो सना को गोद में भर गले से लगा ले, टेबल पर बिठा के उसे ख़ूब चूमे, पर गार्ड ने उसको अभी-अभी उसकी जगह याद दिलाई थी।

सना आज उसे दुकान के शीशे के उस पार रखी उस महँगी गुड़िया की तरह लग रही थी जिसे वो देख तो सकता था पर छू नहीं सकता था।

सार्थक कड़ी आवाज़ में बोला - "सना पहले क्वेश्चन कम्प्लीट करो उसके बाद समझाना मुझे... जो भी समझाना चाहती हो"

सना ने नोटबुक बंद कर टेबल पर रख दी और ग़ुस्से से बोली,

"सार्थक तुम समझ नहीं रहे हो... या समझना नहीं चाहते! तुम्हें क्या लगता है मैंने तुम्हें यहाँ सिर्फ़ पढ़ाई के लिए बुलाया है?"

सार्थक के चेहरे पर एक उदासी थी, उसकी मासूमियत में दुख दिखने लगा,

"सना... तुम बहुत अलग दुनिया से हो... ये घर... ये सब कुछ... इतना बड़ा है... बस..." उसकी आवाज़ में एक बोझ था, जैसे उनके बीच समाज की एक लंबी लकीर खिंच गई थी।

सार्थक ने अपना बैग उठाया और बिना एक लफ़्ज़ कहे वहाँ से निकल गया। सना चुप-चाप उसे देखते रही।

***

अगले दिन से ही सार्थक का बर्ताव सना के लिए बदल सा गया, वो अब उससे कतराने लगा। उसकी बातों के अनमने से जवाब देता, जैसे बस बात पूरी करने के लिए बोलता हो। उसके साथ बैठता ज़रूर पर ऐसा जान पड़ता जैसे वो वहाँ मौजूद होकर भी कहीं और ही हो, अब उसने उसके साथ कॉफ़ी पर जाने में भी बहाने बनाने शुरू कर दिए।

कुछ दिन तक तो सना उसकी परेशानी समझ सब पहले सा करने की कोशिश करती रही, पर जब सार्थक का रूखापन हद से गुजरने लगा तो एक दिन ब्रेक के बाद उसने सार्थक को सीढ़ियों में रोक कर पूछा,

"क्या बात सार्थक... तुम अब बात नहीं करते... कॉफ़ी के लिए भी मना कर देते हो... मेरे साथ जाने की जगह बस से जाते हो... आख़िर बात क्या है... मैंने उस दिन ऐसा भी क्या ग़लत कर दिया?"

सार्थक ने घिसा-पिटा सा जवाब दिया,

"बस ऐसे ही... टाइम नहीं मिलता"

सना का सब्र अब टूटने के कगार पर था। उसने ग़ुस्से से कहा,

"बस बहुत बहाने बना लिए सार्थक... तुम्हें प्रॉब्लम क्या है?"

सार्थक ने पहले अपने आप को कुछ कहने से रोका, पर फिर उसका ग़ुस्सा भर आया, उसने एक गहरी साँस ली और धीरे आवाज़ में बोला,

"सना, तुम्हें समझ नहीं आता? तुम्हारा और मेरा स्टेटस अलग है... तुम महलों की दुनिया से हो और मैं..."

सना ने उसकी बात काटते हुए कहा,

"स्टेटस और ये सब बकवास है सार्थक! तुम समझते क्यों नहीं?"

दोनों के बीच की बात शोर बनके सबको सुनने लगी थी, सार्थक ये भाँप गया और उसने सना से कहा,

"एक काम करते हैं... चलो मेरे साथ मेरे घर... तुम्हें आप ही पता लग जाएगा सच्चाई का..."

सना ने बिना एक भी पल सोचे कहा,

"ठीक है, चलती हूँ तुम्हारे घर।"

सार्थक के छोटे से घर में सना जब पहली बार आई, तो उसके चेहरे पर एक अजीब सी क्यूरियोसिटी थी। छोटा सा आँगन, फूलों के कुछ गुलदस्ते, और एक पुरानी सी दीवार। सार्थक अब भी घबराया हुआ था, लेकिन सना ने एक ज़िद्दी मुस्कान अपने चेहरे पर बना रखी थी।

सार्थक की माँ ने सना को देखा तो वो खिल गईं,

"अरे बेटा, अंदर आओ ना,"

उन्होंने कहा

सना उनके साथ आँगन की छोटी सी बैठक में बैठ गई

सना हर एक छोटी-छोटी बात ऑब्ज़र्व कर रही थी। घर छोटा था, लेकिन हर चीज़ एक तरीके से सजाई गई थी, एक अपनापन था उस घर के हर कोने में। सार्थक की माँ चाय और पकौड़े बना लाईं, और बड़े प्यार से बोलीं,

"पकौड़े लो बेटा"

सना ने एक पकौड़ा उठा कर टेस्ट किया, और फिर उनकी तरफ़ देख कर बोली,

"आंटी, इतने प्यारे पकौड़े तो मैंने कभी खाए ही नहीं।"

माँ ख़ुश हो गईं, और सना को और भी पकौड़े देने लगीं।

घर से बाहर निकलते ही सना ने सार्थक की तरफ़ देखा और एक गहरे, लेकिन ख़ुश मिज़ाज लहज़े में कहा,

"देखा सार्थक... कितना अच्छा घर है तुम्हारा! मकान छोटा हो तो भी घर बड़ा हो सकता है... तुमने मेरे बड़े मकान में देखा है ना... वहाँ मुझसे बात करने वाला भी कोई नहीं होता... और यहाँ... आंटी ने मुझे कितना प्यार दिया"

सार्थक चुप खड़ा था। उसकी आँखों में एक नई चमक थी, जैसे किसी ने काले अंधेरों में एक रोशनी की किरण उगा दी हो। उसने पहली बार समझा, कि एक घर के बड़प्पन का अंदाज़ा, उसके अपनों के प्यार से होता है।

सना ने उसके सामने अपना दिल रख दिया था - और वो भी एक ऐसे तरीके से जो सिर्फ़ वो ही कर सकती थी।

सार्थक अब तक लफ़्ज़ों से दूर था। उसने बस सना के चेहरे की तरफ़ देखा, और उसके मन में यह ख़याल आया कि यह लड़की कितनी अलग है। अमीर है, लेकिन उसके दिल के रिश्ते पैसे से नहीं, लोगों से बँधे हैं।

सना ने गाड़ी में बैठ शीशा नीचे किया और सार्थक की आँखों में शरारत से देख कर बोली,

"सुनो... अगले हफ़्ते मेरा बर्थडे है... स्पेशल पार्टी रख रही हूँ... रेडी रहना, और कोई बहाना नहीं चलेगा... मुझे तुम्हें उस दिन के बचे बहुत से कॉन्सेप्ट्स समझाने हैं... समझे?"

और हल्की सी आँख दबा फुर्र हो गई।

***

सना के बर्थडे का दिन था, और रात अपनी गहराई से सब कुछ अपने रंगों से भर रही थी। सार्थक, कुछ अजीब से सपनों और शर्म से बेचैन, सना के घर पहुँचा। उसने अपने दिल को समझाया कि वो सिर्फ़ एक मेहमान है, लेकिन उसके दिल की हलचल उसके चेहरे से ज़ाहिर हो रही थी।

घर सजा हुआ था, रोशनियों से चमक रहा था, लेकिन उसके दिल के कोने में एक अंधेरा था - एक असमंजस, एक डर।

सना ने दरवाज़ा खोला तो उसकी आँखों में वही पुरानी शरारत थी, सार्थक को देखते ही वो हँसी और कहने लगी,

"आओ मेरे मेहमान, अंदर आओ।"

सार्थक अपनी घबराहट से निजात पाने की कोशिश कर रहा था, एक नज़र इधर-उधर डाल कर उसने पूछा,

"और गेस्ट्स कहाँ हैं, सना?"

सना एक पल के लिए चुप रही, फिर एक चंचल मुस्कान के साथ बोली,

"कोई और नहीं है, मेरे लल्लू लाल... आज सिर्फ़ हमारा दिन है... सिर्फ़ हमारा।"

ये बात सुनकर, सार्थक का दिल एक अजीब सी उलझन से भर गया। उसने कभी सोचा भी नहीं था कि किसी की ज़िंदगी में सिर्फ़ उसका होना इतना मायने रखता होगा।

सार्थक ने एक पल भी ना गँवाते हुए अपना गिफ़्ट पैकेट निकाला और धीरे से बोला,

"ये तुम्हारे लिए... मुझे पता है, तुम्हें कुछ और पसंद होगा... पर बस..."

सना ने एक पल उसकी तरफ़ देखा, फिर बिना कुछ कहे पैकेट खोला। उस सूट को देखते ही उसकी आँखों में एक चमक आ गई, जैसे उसने दुनिया की कोई सबसे ख़ूबसूरत चीज़ देख ली हो,

"ये सूट तो बहुत सुंदर है सार्थक"

सना ने प्यार से कहा।

उसने एक पल को सार्थक की तरफ़ देखा, फिर एक दमकती सी मुस्कान के साथ बोली,

"रुको... अभी पहन कर आती हूँ!"

सार्थक वहीं खड़ा रह गया, अपने दिल के हर एक टुकड़े को सँभालते हुए। जब सना वापस आई, तो वो उस सूट में बिल्कुल अलग लग रही थी - जैसे किसी कहानी की परियों की रानी बन गई हो। उसने आगे बढ़कर सार्थक का हाथ पकड़ा, और अपने नर्म होंठों से उसका गाल चूम लिया। उस पल, सार्थक ने अपने अंदर एक अजनबी सी गर्माहट महसूस की - एक ऐसी गर्माहट जो उसे अपनी जगह से हिला रही थी।

"थैंक यू, सार्थक"

सना ने उसकी आँखों में देखा और धीरे से बोली।

सार्थक कोई जवाब दे पाता इससे पहले ही सना ने उसे गले से लगा लिया। सार्थक ने पहली बार उसको अपने पास, इतना क़रीब महसूस किया था, जैसे वो दोनों एक ही साथ साँस ले रहे हों।

फिर, सना थोड़ा पीछे हटी, एक पल के लिए उसने सार्थक की तरफ़ देखा, जैसे उसके चेहरे से उसके दिल की बात पढ़ने की कोशिश कर रही हो। सार्थक ने पहले तो अपनी नज़रें

झुका लीं, फिर ना जाने कहाँ से हिम्मत बटोर उसने ऊपर देखा। उसने सना के चेहरे की चमक को देखा, उसे ऐसा लगा जैसे उसने अपने सारे सपने एक ही पल में जीत लिए हों।

सना धीरे से आगे बढ़ी, सार्थक के बिल्कुल पास आई, सार्थक के दिल की धड़कन तेज़ी से चल रही थी, सना ने अपने हाथों से सार्थक का चेहरा पकड़ा, और एक पल के लिए रुक गई,

"तुमने मेरी जान निकाल दी थी... बुद्धू," सना ने मदहोशी में कहा

उसकी आवाज़ एक सपने की तरह हल्की थी, एक कहानी के जैसी, कच्ची मिट्टी से बनी हुई जिस पर अभी-अभी पहली बारिश पड़ी हो।

और फिर, जैसे दोनों एक-दूसरे का इंतज़ार कर रहे थे, सना ने धीरे से अपने होंठों को सार्थक के होंठों पर रखा। पहली बार, सार्थक ने अपने सपनों को अपनी हक़ीक़त के रूप में जीते देखा।

पहले एक हल्की सी छुअन, फिर गहरी। उसने अपने हाथों से सार्थक को अपनी तरफ़ खींच लिया, और वो दोनों एक-दूसरे में घुल गए।

जब किस ख़त्म हुई, तो सार्थक का मन बिल्कुल शांत था। उसने धीरे से कहा,

"मुझे लगता है मुझे तुम्हारी आदत पड़ने लगी है सना... तुम मेरी ज़िंदगी का सबसे हसीन पल हो।"

सना ने अपनी आँखों में आँसू छुपा लिए, और उसे गले लगा कर धीरे से बोली,

"पहली बार जब तुम्हें देखा था, तभी जान गई थी कि अब तुम्हारे बिना नहीं रह पाऊँगी... तुम्हारी मासूमियत... तुम्हारी बच्चों सी मुस्कान और भोला मन... सार्थक... तुम्हें पता ही नहीं है अपने बारे में"

वो दोनों वहीं, एक-दूसरे के क़रीब, अपने दिल के सारे बंधन तोड़कर एक नए रास्ते पर चल दिए। उनकी किस एक वादा थी, एक सपना थी, एक नई दुनिया थी जो अब बस उन दोनों की थी।

पनाह

वो दोनों सना के गाँव वाले घर की छत पर बैठे थे, ये एक जगह थी जो उन्होंने बरसों पहले दुनिया की नज़रों से ओझल होने के लिए ढूँढी थी, वो अक्सर वीकेंड्स पर यहाँ आकर, अपने दुखों को पीछे छोड़, घंटों बैठे रहते।

आज भी, देर दोपहर के वक़्त, दूर-दूर तक फैली पहाड़ियों में सूरज छुप जाने वाला था। आसमान में बादल घिरने लगे थे, एक ठंडी हवा बह रही थी जो सना के बालों को हल्के-हल्के उसकी आँखों के पास ले आई। वो अपने घुटनों को सटाए हुए, अपने अंदर सिमटी सी बैठी थी, जैसे अपने अंदर किसी छुपे सच की तलाश कर रही हो। सार्थक दीवार का सहारा लिए ज़मीन पर बैठा उसे निहार रहा था।

इस ख़ामोशी में एक अजीब सा सुकून था, ऐसा नहीं था कि उनके पास लफ़्ज़ों की कमी हो पर शायद अभी उनके बीच लफ़्ज़ों की जगह ही नहीं थी।

बारिश की पहली बूँद सार्थक की कलाई पर पड़ी, उसने हथेली ऊपर कर ली जैसे वो गिरती बूँदों को थामना चाहता हो, सना ने उसे देखा और एक पल के लिए मुस्कुराई, वही

पुरानी मुस्कान, जिसने एक ही पल में सार्थक के अंदर हज़ारों ढलते सूरज जला दिए।

"तुम्हें याद है..."

सना ने धीमी आवाज़ में कहा, उसकी आवाज़ अब बारिश के शोर में खो सी रही थी

"कैसे हर वीकेंड हम शाम में यहाँ बैठते थे और तुम कहते थे कि एक दिन इन्हीं पहाड़ियों पर अपना छोटा सा घर बनाओगे?"

सार्थक ने आँखें मूँद ली, उसके ज़ेहन में वो बीते लम्हे फिर से गुज़रने लगे। तब वो छोटी-छोटी बातों में ख़ुशियाँ ढूँढता, ज़िंदगी को लम्हा दर लम्हा बुनने का सपना देखता, वो ख़्वाब अब उसे बचकाने लगते थे।

"कुछ बातें सिर्फ़ कहने के लिए होती हैं"

उसने हल्की मुस्कान के साथ कहा, उसे ये एहसास था कि उसके ये लफ़्ज़ कितनी गहराई समेटे हैं, लेकिन वो अभी उस गहराई को महसूस नहीं करना चाहता था।

सना ने दीवार के थोड़ा और क़रीब सरकते हुए अपने हाथों से पत्थर पर पड़ी बारिश की बूँदें सहेज लीं,

"सभी ख़्वाब हक़ीक़त बनने के लिए नहीं होते सार्थक... कुछ बस आपके साथ रह जाते हैं... जैसे आसमान का पहला उजाला... सूरज उगने से भी पहले का..."

बारिश अब धीरे-धीरे तेज़ होने लगी, सना हिली नहीं, ना ही सार्थक, ठंडक उनके कपड़ों में घुलती जा रही थी, लेकिन वो बैठे रहे, जैसे ये छत ही उनकी दुनिया हो। बाहर शहर अपनी रफ़्तार से चलता रहा, लेकिन यहाँ सिर्फ़ बारिश और उनकी ख़ामोशी थी।

सना ने धीरे से सार्थक का हाथ थामा, उनकी ऊँगलियाँ एक-दूसरे में उलझ गईं। वो उसके आगोश में सिमट गई, उन्होंने एक-दूसरे की तरफ़ देखा नहीं, जैसे ये छुअन ही काफ़ी थी सारी बातें कह देने के लिए, सारी यादें फिर से जी लेने के लिए।

"क्या तुम सोचते हो... कि हम कभी दोबारा ऐसा महसूस कर पाएँगे?"

सना ने आँखें बंद कर के कहा!

सार्थक चुप रहा, वो कैसे वादा कर देता, एक ऐसी बात पर जिसे वो ख़ुद भी पूरी तरह नहीं जानता। उसने सना का हाथ कस के पकड़ लिया, इस उम्मीद में कि यही काफ़ी होगा उनके रिश्ते की ढलती रोशनी को थाम के रखने के लिए।

दोनों आँखें बंद कर, एक-दूसरे को महसूस करने लगे, चुपचाप, एक-दूसरे को खोने का डर मन में छुपाए।

वो बारिश की बूँदें हल्की पड़ने तक वहीं बैठे रहे, सूरज भी ढलता-ढलता ढल ही गया था, आसमान जैसे उनके रिश्ते सा ही ढलती शाम के उदास रंगों से भर गया।

परछाई

कुछ दिन बाद...

कैफ़ेटेरिया में लंच की हलचल, लोगों की खुसफुसाहट, और कॉफ़ी की ख़ुशबू हर ओर फैली हुई थी। सार्थक कोने की एक टेबल पर बैठा, अपने फ़ोन को यूँ ही स्क्रॉल करता जा रहा था, जैसे अपने रोज़मर्रा के बेजान से लगने वाले कॉर्पोरेट रूटीन में खोया हुआ हो। हर दिन वही चेहरे, वही सवाल-जवाब, सब कुछ पहले से रचा हुआ सा, और उसी में ढला हुआ बेजान सा सार्थक।

पर आज कुछ बदलने वाला था...

अचानक एक बेफ़िक्र और बिंदास हँसी कैफ़ेटेरिया के शोर को काटते हुए सार्थक के कानों में पड़ी, ऐसा लगा जैसे वो हँसी सार्थक का हाथ पकड़ उसे उसके नीरस रूटीन से बाहर खींच ले जा रही हो, सार्थक उचक कर उस ओर देखने को मजबूर हो गया।

सामने कॉफ़ी मशीन के पास अपने दोस्तों को शायद अपने किसी सीनियर की नकल कर के दिखाती, निकिता, ख़ूब ज़ोर से हँस रही थी। उसके चेहरे के हर पल बदलते भाव, उसके खुले अध-उलझे बाल, उसकी काजल से घिरी आँखों में चमक रही शरारत, बेफ़िक्री से पहना रोज़मर्रा वाला

कुर्ता जीन्स, सबका ध्यान अपनी ओर खींचती हुई "रिदा" सी निकिता - बाकी सब लड़कियों से बे-तरह अलग थी।

बे-परवाह, बे-नियाज़, बे-लगाम, एकदम सच्ची, अनछुई सी - जैसे अभी-अभी भगवान की भट्टी से उतर कर सीधी चली आ रही हो।

ऐसा लगता था मानो कैफ़ेटेरिया की सारी हलचल उसी की मौजूदगी के इर्द-गिर्द घूमने लगी हो। मानो बिना सबसे बात किए वो सबका ध्यान अपनी ओर खींच रही हो, और उसपर, उसे किसी चीज़ की फ़िक्र ही नहीं।

सार्थक को वही एहसास होने लगे जो शुरू में सना को महसूस करने पर होते थे, वही खिंचाव, वही बौखलाहट, वही हिचकिचाहट।

पर सना, सना तो ऐसी बिल्कुल भी नहीं थी। वो तो शांत, निर्मल बहती हुई सुंदर नदी सी थी, उसके चेहरे पे हमेशा शांति सजती और उसकी आँखें उसके लबो से ज़्यादा बात करती होती।

जबकि, निकिता तो एक तेज़ बहते बवंडर की तरह सार्थक को अपने साथ उड़ाए लिए जाने के लिए तैयार थी।

सना का साथ सार्थक के जीवन में शांति लाता था, वो उस किनारे की तरह थी जहाँ वो अपनी सारी परेशानी, उलझन और उदासी बहा आता था, वो सार्थक की उस एक दुआ की तरह थी जो शायद पूरी तरह से कभी क़ुबूल ना होने वाली हो।

दूसरी ओर, निकिता, अभी में जीने वाली, बल्कि अभी को निगल जाने वाली, अशांत, अपने साथ अराजकता लाने वाला तूफ़ान थी।

निकिता की आँखों में धड़कती डरा देने वाली बेफ़िक्री सार्थक को मोह गई। उसने मन ही मन अपने जीवन पर सवाल उठाने शुरू कर दिए, शायद उसे अपने चारों ओर बनी दीवार गिरा देनी थी, शायद अंदर-खाते उसे भी अब यही पसंद था।

***

अब सार्थक ऑफिस में ख़ुद को निकिता के आस-पास ही पाने लगा, हालाँकि वो ये जानकर नहीं करता, कम से कम ख़ुद से तो वो यही कहता था।

पर जब भी वो निकिता को देख पाता तो आँख चुरा कर नहीं आँख भर कर देखता, उसका अपने चारों ओर रोशनी भर देने का एक अलग ही अंदाज़ था, वो जहाँ भी खड़ी होती उस ओर से आ रही हँसी उसका पता ख़ुद बताती थी।

आख़िरकार उसने भी सार्थक को टकटकी लगाए उसे देखते भाँप लिया।

एक दिन सार्थक अकेला बैठा लंच कर रहा था तभी उससे पूछे बिना ही वो उसी की टेबल पर खाना ले आ धमकी -

"हाँ, तो तुम सार्थक हो?"

उसने ऐसी बेफ़िक्री से पूछा जैसे वो सार्थक के साथ रोज़ ही खाना खाती हो

सार्थक कुछ सोच ही नहीं पाया, उसने सिर हिलाते हुए कहा,

"हाँ, और तुम निकिता?"

"मैंने सुना तुम लड़कियों से बात नहीं करते बस उन्हें घूरा करते हो?"

उसने सार्थक के लंच से एक बाइट लेते हुए कहा

सार्थक का दिल ज़ोरों से धड़कने लगा, उसकी ज़ुबान लड़खड़ा गई

"नहीं वो... हाँ मैं... ज़्यादा बात नहीं करता!"

निकिता ठहाका लगाकर हँसी और अपनी आँखों को मटकाती हुई बोली,

"कोई नहीं, हम दोनों की तरफ़ से बात मैं ही कर लूँगी"

और उसने अपना हाथ ताली देने के लिए सार्थक के आगे कर दिया

उस एक पल में ही निकिता ने मानो सार्थक को मोल ले लिया, उसके अंदर कुछ हमेशा के लिए बदल गया था।

जिस तरह वो एक के बाद एक बिना रुके बातें बनाती जाती, ऊँगलियों को बालों में घुमाती, बिना डरे अपनी बात कहती, सार्थक को चैलेंज करती, सार्थक बँध सा गया - मानो उसके बालों के क्लचर से लगकर उसके साथ-साथ ही चलना चाहता हो।

***

निकिता के बेबाकपन में एक अदा थी, वो सना की नज़ाकत की तरह नहीं था, बल्कि उसके कहीं ज़्यादा सच्चा और ज़मीन से जुड़ा हुआ था।

वो ऑफिस में भी इंग्लिश और अपनी भाषा मिला के बात करती, और बेझिझक कहती "यार हम ऐसे ही बोलेंगे... हमें कोई फ़र्क़ नहीं,"

सार्थक को ये सब पसंद आने लगा।

उसके अंदाज़ में एक आज़ादी थी, एक बावलापन जो उसे बाकियों से बड़ा बनाता था। जैसे कोई अनगढ़ा पत्थर, किसी हीरे से बिल्कुल उलट अपनी ख़ामियाँ नहीं छुपाता, उसकी ख़ूबसूरती उन्हीं ख़ामियों से होती है। वैसे ही निकिता अपने आप को हर लाग-लपेट से परे रखती, ख़ूब ज़ोर से हँसना, दूसरों की नकल उतारना और किसी के कुछ कहने पर उसे हाथ के इशारे से चुप करा देना, सार्थक को ना चाहते हुए भी अपनी ओर खींच लेता।

जहाँ सना ने हमेशा सार्थक के हिसाब से ख़ुद को बदलने की कोशिश की, वहीं निकिता सार्थक से बदल जाने की अनकही माँग करती, और जीवन में पहली बार सार्थक भी ख़ुद बदल जाने को तैयार था।

वक़्त के साथ, सार्थक के दिल पे लगे निकिता के निशान गहराने लगे। वो प्यार कम और एक तिलिस्म ज़्यादा थी जिसमें सार्थक बँधता जा रहा था।

उसने शायद अभी सोचा नहीं था कि उसे इस तूफ़ान से दूर भागना है या इसके साथ उड़ते चले जाना है। उसने शायद अभी सोचा नहीं था कि ये तूफ़ान सना और उसकी बसी-बसाई दुनिया को कैसे तहस-नहस कर सकता है, वो दुनिया जो सना ने उसके लिए इस क़दर सजाई है कि उसके

हर क़दम के नीचे सना अपने हाथ रखती है ताकि राह में पड़े पत्थर उसे चुभ ना पाए।

दूसरी तरफ़, सार्थक उस तिलिस्म को भी झुटला नहीं सकता था जिसमें उतरते जाना उसे पसंद आ रहा था। निकिता का बे-तरह हँसना, सिर पीछे कर बात करना, उसकी कच्ची भाषा, ऊन्गड़ बातें, ये सब सार्थक के बर्दाश्त की हदों से परे था।

उसे कहीं ना कहीं ये पता था कि निकिता एक सागर की तरह है जो बेहद ख़ूबसूरत होने के साथ-साथ सार्थक को अपने अंदर समा लेने और उसका वजूद मिटा देने का माद्दा रखती है, पर वो अपने को रोक नहीं पा रहा था।

***

कैफ़ेटेरिया में हुई बातचीत के बाद सार्थक के अनमने से ऑफिस रूटीन में बदलाव आने लगा, निकिता अब उसके दिन के ख़ाली कोने भरने लगी।

कभी मैसेंजर पर वो "ग्रीन डॉट" का दिख जाना और नए मैसेज की टोन से काम का बहाव टूट जाना, तो कभी अचानक नज़र टकराने पर स्माइल एक्सचेंज हो जाना, और कभी वो काम की बात करने के लिए एक्सटेंशन पर मिलाए छोटे-छोटे फ़ोन कॉल जो बिना किसी कारण लंबे हो जाते।

निकिता मैसेंजर पर भी बेफ़िक्री से बात करती, उसकी बातें बे-लगाम और अल्फ़ाज़ बेलौस होते।

"क्या कर रहे हो मिस्टर साइलेंट स्पेक्टेटर?"

वो सार्थक को चिढ़ाती,

सार्थक भी झूठ-मूठ कुछ जवाब दे देता।

धीरे-धीरे ये सिलसिला काम से आगे बढ़ साथ चाय पीने और लंच करने तक पहुँच गया। कभी-कभी शाम को जब निकिता ऑफिस में लेट हो जाती तो उसका दोस्त कार्तिक उसे पिक करने आता, सार्थक जो अक्सर ऑफिस में देर रात तक रुकता था, उसे भी जानने लगा था।

एक शाम, हिम्मत करके सार्थक ने निकिता से कहा,

"निकिता... कल डिनर चलें?"

उसने सोचा था कि शायद निकिता किसी बहाने से टाल देगी, लेकिन निकिता ने बिना किसी झिझक के हँस कर जवाब दिया,

"हाँ हाँ... क्यों नहीं? कहाँ ले जाओगे भइया?"

जिस बेपरवाही से निकिता ने सार्थक को जवाब दिया उससे उसे हैरानी हुई और कहीं ना कहीं एक सुकून भी पहुँचा। निकिता के पास शायद पहले से सोचा हुआ कुछ नहीं था, वो अपनी ज़िंदगी हर नए पल में लिखती थी, और यही बात शायद सार्थक को भा गई।

अगली शाम जब वो एक रोज़मर्रा से रेस्टोरेंट की हल्की रोशनी में बैठे थे तब सार्थक निकिता को पढ़ने लगा - वो अपने आस-पास के माहौल में आसानी से घुल-मिल गई, हर ओर दिलचस्पी और बेफ़िक्री से देख रही थी, जब कुछ ऑर्डर करने को नहीं चुन पाई तो अपने आप पर ही हँसने लगी।

इन सबके बीच, सार्थक का मन नई राह पर चलने को तैयार था,

"तो... तुम्हारा कार्तिक कैसा है?"

उसने थोड़ा हिचकिचाहट से पूछा। वो जानता था, अगर इस सवाल का जवाब आसान होता तो निकिता यहाँ नहीं बैठी होती।

निकिता की उँगलियाँ उसके ड्रिंक से खेलने लगीं। उसकी बातें थम गईं, उसकी आँखें जैसे हर ओर लफ़्ज़ ढूँढने लगीं।

"कार्तिक? ही इज़ ग्रेट, यार... सबसे सपोर्टिव, सॉर्टेड बंदा है... बहुत एंबिशियस है... जानता है क्या चाहिए उसे,"

उसने कहना शुरू किया।

उसकी बातें एक परफेक्ट इमेज बना रही थीं, लेकिन सार्थक ने उसकी आँखों में एक बेचैनी का छुपा साया पढ़ लिया।

वो बोलती गई,

"बस, कभी-कभी कुछ चीज़ें बैठती नहीं हैं... बट वी आर फ़िगरिंग इट आउट।"

उसने अपनी बात एक हँसी से ख़त्म की लेकिन सार्थक उस तनाव को भाँप गया जो वो छुपाना चाह रही थी।

वक़्त के साथ-साथ उनका ऑफिस से बाहर मिलना आम सी बात हो गई- मूवी, डिनर या फिर कभी-कभी लॉन्ग ड्राइव्स, बिना मंज़िल के बस एक-दूसरे के साथ के लिए।

सार्थक भी अब उसको ज़्यादा अटेंशन देने लगा, उस पर गिफ़्ट्स लुटाता रहता। चीज़ें जो वो अफ़्फ़ॉर्ड कर सकता था और वो भी जो उसकी पहुँच से दूर थीं - लेटेस्ट आईपॉड्स, स्लीक लूमिया फ़ोन, ब्रांडेड बैग्स और फ़ैंसी वॉचेज़ तक।

हालाँकि निकिता ने अपने मुँह से अपने लिए कभी कुछ नहीं माँगा पर गिफ़्ट मिलने पर उसकी ख़ुशी सार्थक के लिए बहुत थी।

निकिता हमेशा ही हँस कर कह देती,

"सार्थक... तुम्हें क्या लगता है मैं बिना गिफ़्ट्स के तुम्हारी दोस्त नहीं रहूँगी?"

पर हाथ बढ़ा कर गिफ़्ट ले भी लेती। उसकी बातों में मज़ाक़ होता, लेकिन सार्थक के लिए ये गिफ़्ट्स एक ज़रिया बन गए थे अपने जज़्बात को बयां करने का।

सार्थक ने शायद निकिता के साथ वही करना शुरू कर दिया जो सना पहले-पहले उसके साथ करती थी। वो सोचता सना कैसे उसकी ज़रूरतों का बिना बताए ध्यान रखती। वो अपनी कच्ची कोशिशों में वही कर रहा था। वो अपने इस नए रिश्ते में अपना रोल बदल कर शायद अपनी मायूसी दूर करना चाहता था।

पर साथ-साथ उसको ये अंदाज़ा भी होने लगा कि निकिता के साथ कहानी अलग थी, वो उससे गिफ़्ट लेती तो ख़ूब ख़ुशी से पर फिर भी उसका आज़ाद अंदाज़ और बेबाकपन वहीं के वहीं थे।

दूसरी तरफ़ सार्थक, अपनी ही उम्मीदों के जाल में फँसा जा रहा था। वो इस रिश्ते में बहुत कुछ लुटा कर कुछ ऐसा बन जाना चाहता था जो वो नहीं था, कुछ ऐसा जो निकिता कभी बनने देने वाली नहीं थी।

एक दिन जब वो मूवी देख वापस जा रहे थे, वो एकदम सीट पर पीछे हो गई, बाहर जगमगाती लाइट्स को देखने लगी, उसके चेहरे के भाव ठहर गए,

"यार, यू नो व्हट? कार्तिक डज़ंट गेट मी लाइक यू इ... आई मीन, हम ठीक हैं... पर तू अलग है"

ये कहते हुए उसके चेहरे पर कोई भाव नहीं थे। उसकी आवाज़ में वही अनगढ़पन था, सच्चाई थी।

एक पल के लिए सार्थक दंग रह गया, उसके अंदर जज़्बातों का तूफ़ान उमड़ आया, पर उसने जवाब ना देना ही सही समझा। वो जानता था कि अगर अभी इस बात को आगे बढ़ाया तो बात दूर निकल जाएगी और फिर उसका सना के पास वापस जाना नामुमकिन होगा। पर अंदर ही अंदर उसको निकिता की बातों में अपने अंदर की गूँज सुनाई दी - उसके और सना के रिश्ते के परछाई जैसी।

***

अब सार्थक की मौजूदगी में निकिता के रंग अलग ही होते, वो उसके आस-पास रहने के बहाने ढूँढती। उसको सार्थक के साथ बाहर जाने की जल्दी-सी होने लगी। और सार्थक, जहाँ एक तरफ़ वो उसकी ओर खिंचा चला जा रहा था, वहीं अंदर ही अंदर उसको सना से दूर जाते जाने का पछतावा भी था।

निकिता की हँसी, उसकी मुँहफट बातें, उसकी हर पल ज़ाहिर होती कमज़ोरी, सबकुछ सना के गहरे ठहराव वाले प्यार से बिल्कुल अलग था। सार्थक को ये भी अंदाज़ा था कि निकिता का ख़ुशी से उसके लाए गिफ़्ट ले लेना उसकी ज़रूरत नहीं बल्कि कुछ और है - शायद एक अधूरा सपना जो वो सार्थक के ज़रिये पूरा कर रही है।

धीरे-धीरे ही सही पर सार्थक अपने इर्द-गिर्द एक नई सच्चाई बनाता जा रहा था, जो उसे सना से दूर ले जा रही थी। दूसरी ओर निकिता के मन पर सार्थक के निशान गहरा गए, उसे सार्थक से प्यार हो गया, जबकि सार्थक सिर्फ़ उसमें अपनी अहमियत ढूँढ रहा था - जो उसे उसके और सना के

रिश्ते में नहीं मिल पाती थी। वो ये समझ ही ना पाया कि उसका ये रिश्ता प्यार नहीं बल्कि चाहे जाने की चाहत भर है।

निकिता और सार्थक अब कभी-कभी के डिनर्स से आगे बढ़ लगभग रोज़ ही मिलने लगे। सार्थक को लगता जैसे उसका और निकिता का रिश्ता एक ही पल में जी उठता और एक ही पल में मर जाता। उसे यूँ एक-एक पल जीने में बहुत मज़ा आने लगा, इन सबके बीच एक सवाल था जिसका कोई जवाब उसके पास नहीं था - क्या वो सच में निकिता से प्यार कर रहा था, या बस अपना एक नया रूप ढूँढ रहा था?

गुब्बार

कुछ हफ्तों बाद - सार्थक और निकिता फोन पर...

"देख तू इतना कह रहा है तो तू आजा दोपहर बाद... पर इतना सुन ले अगर तूने कुछ उल्टा-पुल्टा सोचा हुआ है तो उसे भूल जा... मैं तुझे बता रही हूँ अगर तूने कुछ भी उल्टा-पुल्टा किया तो तू बहुत मार खाने वाला है मुझसे"

निकिता ने बेफ़िक्री और हक़ से कहा।

निकिता को कहीं ना कहीं ये लगता था कि सार्थक उसको बेहद पसंद करता है और हमेशा उसकी बात बड़ी करता है, इसी कारण वो सार्थक से जब भी कुछ कहती तो बड़ी बेफ़िक्री और हक़ से कहती थी।

"हाँ हाँ, तू चिंता मत कर मुझे पता है तेरे और मेरे रिश्ते की क्या हद है... मैं उस हद में ही रहूँगा... मुझे बस कुछ दिखाना भर है... उसके बाद तुझे जैसा सही लगे वैसा"

सार्थक ने उसे भरोसा दिलाते हुए जवाब दिया।

ये सुनकर निकिता की आवाज़ में गंभीरता छलकने लगी,

"अरे बाबा ऐसा क्या दिखाना है तुझे... कितने दिन से मेरे पीछे पड़ा हुआ है... जो भी दिखाना है तुझे वो तो तू ऑफिस में भी दिखा सकता था ना... चल जाने दे... आ जा, दिखा ले जो दिखाना है तूने... पर मेरी एक बात सुन...

तू अपनी ज़िंदगी में बहुत आगे बढ़ चुका है... मुझसे मिलने से पहले ही तूने बहुत कुछ तय कर लिया था और मैं तेरे लिए बहुत ख़ुश भी हूँ... मेरी बात मान मेरे पीछे अपनी बनी-बनाई ज़िंदगी खराब मत कर"

सार्थक अब थोड़ा चिढ़ गया था, उसने साफ़-साफ़ बात करने की सोची

"तू मुझपे भरोसा करती है या नहीं???"

"मगर सार्थक..."

निकिता शायद कुछ कहना चाहती थी पर सार्थक ने बात काटते हुए कहा

"हाँ या ना"

"हाँ,"

सामने से जवाब आया

"तो दोपहर को मिलते हैं"

ये कहकर सार्थक ने फ़ोन काट दिया।

***

सार्थक ख़ुद भी पिछले दिनों बड़ी उलझन में रहा। उसको इत्तेफ़ाक़ से निकिता का एक वीडियो इंटरनेट पर दिख गया, जिसमें उसके कुछ प्राइवेट पल क़ैद थे।

अव्वल तो वो निकिता का ऐसा वीडियो देखने के बाद उसके बारे में ग़लत सोचने लगा, कई दिन उसे इस सोच से उभरने में लगे। दूसरा परेशानी का कारण ये था कि सार्थक इस वीडियो का करे क्या? किसी को बताए? चुप रह जाए? निकिता को बताए?

ये सारे सवाल उसके दिमाग़ में हर वक़्त घूमते रहते। जिस दिन से उसने वो वीडियो देखा मानो उसकी ज़िंदगी ही रुक गई थी, इन बातों के अलावा उसे कुछ नहीं सूझता था।

कई रातों सोचते रहने के बाद वो इस नतीजे पर पहुँचा कि ये वीडियो उसे निकिता को सबसे पहले दिखाना होगा। फिर उसके बाद वो करना ही सही होगा जो निकिता ख़ुद चाहेगी।

***

दरवाज़ा खुला तो सामने निकिता ने अपने उसी अल्हड़पन से हाथ हिलाते हुए उसका स्वागत किया,

"हेल्लो सार्थक, वेल्कम टू माय होम"

निकिता शायद अभी-अभी नहा के आई होगी। उसके बालों पे टॉवल बंधा था, चेहरे पे पानी की कुछ बूँदें पड़ी चमक रही थीं, तांबे के रंग के चेहरे पे पड़ा पानी उसे और दिलरुबा बना रहा था। आजकल ऊँची-ऊँची कुर्तियाँ पहनने का रिवाज़ था, बदन को लिपटी सलवार निकिता की भरपूर जाँघों को थामने में नाकाम हो रही थी। ये वही लाल सूट था जो सार्थक ने पिछले महीने निकिता को तोहफ़े में दिया था।

दरवाज़ा खोलने की जल्दी में निकिता ने शायद अपने बदन को ठीक ढंग से पोंछा नहीं था। गीले बाल जो अभी-अभी टॉवल खोले जाने के कारण कंधों पर बिखर गए थे, भीगे बदन की ख़ुशबू, शरीर से लिपटे कुछ हद तक गीले कपड़े, सार्थक को मदहोश कर गए। निकिता बला की ख़ूबसूरत तो नहीं थी, ना ही उसमें कोई ग़ैर मामूली बात थी - लेकिन उसकी ये बेफ़िक्री सार्थक को हमेशा से बे-तरह पसंद थी और आज तो वो कुछ इस तरह ठगा गया कि अपने आने का कारण ही भूल बैठा और वहीं दरवाज़े पर खड़ा उसे निहारता ही रह गया।

"ओए... अंदर तो आ घर के... हाय राम तुझसे डर लगने लगा है अब मुझे... ऐसे क्या देख रहा है... खाएगा क्या मुझे..."

निकिता ने सार्थक का कान पकड़ कर खींचा तो मानो उसका सपना टूटा!

खैर! दोनों दरवाज़े से हटके कमरे में आ गए और दरवाज़ा बंद कर दिया गया। घर कोई ख़ास बड़ा नहीं था।

एक नज़र देखने से ही पता चलता था कि 2 कमरे हैं - उनके पीछे जो जगह दिख रही है वहाँ ज़रूर रसोई और बाथरूम होगा। कमरे के एक कोने में दीवान रखा गया था और उसके ठीक सामने सोफा सेट बिछा था, बीच में एक टेबल पड़ी थी, जिस पर फूल सजे हुए थे।

सार्थक सोफे पे जा बैठा और निकिता के आने का इंतज़ार करने लगा जो पानी लेने चली गई थी।

जैसे ही निकिता पानी लेकर आई, सार्थक ने उससे बात शुरू कर दी

"तू दिल्ली क्यों आई... तुम लोगों का तो अच्छा-ख़ासा है ना वहाँ पे?"

"ओए... तुझे हुआ क्या है आजकल... कैसी बातें करने लगा है... दिल्ली क्यों आई... वहाँ क्यों नहीं रुकी... मेरी मर्ज़ी मैं जहाँ रहूँ..."

हैरानी भरा जवाब मिला

"चल जाने दे... निकिता देख मैं तुझसे अब कुछ कहूँगा नहीं... जैसा मैंने फ़ोन पे कहा था... बस एक वीडियो देख... ले मेरा फ़ोन पकड़ और चला... देख और बता आगे क्या करना चाहती है,"

ये कहते हुए उसने अपना फ़ोन निकिता को थमा दिया।

"ओफो ला दिखा कौन सा भूत लेके आया है तू... तंग आ गई मैं तेरे इस वीडियो के डर से"

निकिता ने दिलचस्पी से सार्थक का फ़ोन पकड़ा और दीवार के सहारे लग के वीडियो देखने लगी।

चंद सेकंड में ही निकिता के चेहरे का रंग उड़ गया, उसकी दिलचस्पी अब ख़ौफ़ में बदल चुकी थी, उसके चेहरे पे

पानी की बूँदों की जगह पसीने की धार ने ले ली थी। उसका दिमाग़ चलना शायद बंद हो गया था, वो आँखें फाड़े उस वीडियो को देखती रही।

कुछ देर बात उसने फ़ोन को बंद कर दिया, पिछले कुछ पल उसकी ज़िंदगी के शायद सबसे मुश्किल पल थे।

ना जाने उसके मन में क्या-क्या चल रहा होगा - सामने खड़ा सार्थक सिर्फ़ यही सोच रहा था, काश वो बिना पूछे ये जान पाता कि इस समय निकिता सार्थक से क्या चाहती है।

निकिता दीवार के सहारे पीठ लगा फर्श पे बैठ गई और उसने अपना चेहरा अपने घुटनों में छुपा लिया। सार्थक चाहता तो था कि आगे बढ़ उसे अपनी बाहों में भर संभाल ले पर ना जाने क्या उसे रोके हुए था।

अगले 3-2 मिनट वहाँ एक चुभन भरा सन्नाटा छाया रहा, फिर निकिता अचानक उठी और अंदर वाले कमरे में चली गई। एक झलक जो सार्थक निकिता की ओर देख पाया तो सिर्फ़ यही हिसाब लगा कि उसकी आँखों में आँसू नहीं थे। प्यारा चेहरा अपना सारा रूप खो के सफ़ेद हो गया था, जो बेफ़िक्री और अल्हड़पन सार्थक को बे-तरह पसंद थे वो भी नदारद थे, मानो उस शरीर में से किसी ने रूह ही निकाल ली हो।

निकिता के वहाँ से जाने के बाद सार्थक बिना हिले-डुले उसी तरह खड़ा रहा जैसे वो निकिता को सामने बैठा देख रहा हो। उसका दिमाग़ उसके सामने तरह-तरह के सवाल रख रहा था - क्या वो अंदर निकिता के पास चला जाए? या वो यहीं खड़ा निकिता का इंतज़ार करे? क्या वो निकिता को अकेला छोड़ वहाँ से चला ही जाए?

कहीं ना कहीं वो ये भी सोच रहा था कहीं उसने ये वीडियो निकिता को दिखा के ग़लत तो नहीं कर दिया!

सार्थक अभी इन्हीं सवालों में डूबा था कि निकिता ने अंदर से आवाज़ दी,

"सार्थक, अंदर आ..."

अंदर का कमरा निकिता का अपना कमरा था। तीन और दीवारों पे निकिता की तस्वीरें लगी थीं, बीच में पीछे दीवार से सटा सिंगल बेड था, उसकी साइड में गुलाबी रंग की अलमारी थी जिस पे रंग-बिरंगे स्टीकर लगे थे।

सामने बेड पे निकिता पेट के बल लेटी हुई थी। गर्दन से नीचे रजाई लिए, बाल सारे बायीं ओर किए हुए थे जिससे दायीं ओर से गर्दन पूरी तरह दिखाई दे रही थी।

उसने सार्थक के आने की आहट को पकड़ बोलना शुरू किया,

"तुझे पता है हम लड़कियों को बहुत जल्दी पता चल जाता है कि कौन लड़का हमसे क्या चाहता है... पर तेरे साथ मुझे हमेशा इस बात की टेंशन ही रही कि तू मुझे सच में चाहता है या फिर तू भी दूसरे लड़कों की तरह है... हाल-फिलहाल में मैं ये सोचने भी लगी थी कि तू मुझे सच में चाहता है पर पता नहीं क्यों आज मुझे ऐसा लग नहीं रहा...

तूने मुझे अभी कहा था आगे क्या करना है... तो सुन मैं तैयार हूँ... बस मुझे एक वादा कर कि ये बात किसी और को कभी पता नहीं चलेगी और मुझे पता है तू मुझसे झूठा वादा नहीं करेगा"

ये कह कर निकिता ने अपने ऊपर से रजाई हटा दी!

सार्थक के हाल-बेहाल हो गए। उसका गला सूखने लगा, वो नहीं जानता था वो क्या करे। एक बार तो उसके मन में आया कि वो निकिता को ख़ूब खरी-खोटी सुनाए और चला जाए। निकिता ने जो किया वो करना उसे अपनी बेइज़्ज़ती महसूस हो रहा था, उसने कभी भी ये नहीं सोचा था कि वो ये वीडियो निकिता को दिखाकर उसका यूँ इस्तेमाल करेगा। दूसरे ही पल उसके मन में आया कि शायद निकिता डर गई है - शायद ये उसी डर का असर हो। हाँ ऐसा ही हुआ होगा सार्थक ने सोचा और उसने अपना फ़ैसला कर लिया।

वो आगे बढ़ पलंग पर पहुँचा और निकिता के पास जाकर बैठ गया। निकिता के बालों में हाथ डाल उसने धीमी आवाज़ में कहा,

"तूने आज मुझे बहुत छोटा कर दिया... तू मुझे इतना गया-गुज़रा समझती है कि मैं तेरा यूँ इस्तेमाल करूँ... मन तो मेरा उसी समय यहाँ से चले जाने का हो गया था पर मैं यहाँ तेरा साथ देने आया हूँ... तुझे और परेशान करने नहीं"

इतना सुनते ही निकिता का सब्र टूट गया। वो बिलख-बिलख के रोने लगी, उसने सार्थक को बाँहों में कस लिया। शायद उसको अपना दुख बाँटने के लिए कोई अपना मिल गया था।

बहुत देर तक वो दोनों यूँ ही एक-दूसरे को बाहों में कसके बैठे रहे। पहले-पहले निकिता बिलखती रही, फिर ख़ुद ही शांत हो गई। सार्थक ने उसे शांत कराने की कोई कोशिश नहीं की। शायद वो निकिता की हरकत से अभी भी नाराज़ था,

या शायद वो उसे यूँ बाहों में भर कुछ बोलने की हालत में नहीं था। वो बोलता भी तो कैसे, वो तो बस देख रहा था, निकिता की काली लिपस्टिक की तरफ़ - निकिता भी शायद अपनी लिपस्टिक की तरह दूसरी लड़कियों से ज़्यादा काली थी।

***

सार्थक के घर...

सार्थक की आँखों में आज नींद का एक कतरा भी नहीं उतरा, उसका दिमाग़ निकिता के घर पर हुए हादसे से बाहर ही नहीं निकल पा रहा था। उसने अपना फ़ोन उठा कर टाइम देखना चाहा तो देखा कि निकिता का एक मैसेज आया हुआ था –

निकिता: "सार्थक, मुझे डर लग रहा है..."

सार्थक: "मुझे भी..."

निकिता: "मेरे पैर जम गए हैं... मैं अब कभी कमरे से बाहर नहीं निकल पाऊँगी... किसी ने मुझे देख लिया तो..."

सार्थक: "देख लिया मतलब क्या? कैसी बातें कर रही है? ऐसा कुछ नहीं होगा..."

निकिता: "मुझे बहुत डर लग रहा है... मुझे कुछ समझ नहीं आ रहा... भैया बाहर से लाइट जलती देख के पूछ रहे हैं सोई क्यों नहीं? मैं तो बुरी तरह फँस गई... सार्थक... अब हम क्या करेंगे?"

हम! सार्थक अनमना सा हो गया, जवाब देता भी तो क्या, उसे समझ ही नहीं आया कि निकिता ने कब उसे और ख़ुद को मिला के "हम" बना लिया।

वो अपनी बेचैनी को छुपाने की कोशिश कर रहा था, लेकिन उसकी उंगलियाँ मैसेज टाइप करते वक़्त काँप रही थीं

सार्थक: "देख, तू सोने की कोशिश कर... कल बात करेंगे... चलेंगे पुलिस स्टेशन, ये तो किसी के साथ भी हो सकता है... कुछ तो रूल्स होते ही होंगे..."

निकिता: "नहीं बाबा... पुलिस स्टेशन नहीं"

सार्थक का दिल तेज़ी से धड़कने लगा, उसकी आँखों के सामने एक अँधेरा सा छा गया। वो निकिता को कुछ तसल्ली देना चाहता था, लेकिन उसके अपने लफ़्ज़ बेजान से लग रहे थे।

सार्थक: "तूने कार्तिक से बात की?"

निकिता का कुछ जवाब इसके बाद नहीं आया, सार्थक सोचने लगा कि वो कार्तिक से बात कर रही होगी। शायद कार्तिक आकर उसे संभाल भी लेगा, आखिर उसे ही निकिता को संभालना चाहिए भी।

***

सुबह सार्थक की आँख निकिता के कॉल से ही खुली, निकिता की आवाज़ में एक अजीब सी कड़वाहट थी,

"सार्थक... कार्तिक सार्थक नहीं है"

सार्थक को लगा शायद उसने कुछ गलत सुन लिया है, उसने पक्का करते हुए पूछा,

"क्या मतलब?"

निकिता ने उसी कड़वाहट से जवाब दिया,

"मतलब कुछ नहीं..."

पर सार्थक अपनी ही धुन में मगन था, उसे उसकी कड़वाहट का जैसे एहसास ही नहीं हो रहा था, उसने अपनी बात आगे बढ़ाते हुए कहा,

"तू ऐसा क्यों कह रही है? बात तो कर उससे"

अचानक, निकिता की आवाज़ भारी हो गई, जैसे अभी रो पड़ेगी

"तुझे देखने का बहुत मन हो रहा है..."

सार्थक को उसकी बात चुभ गई। उसे लगा नहीं था कि निकिता ऐसे कार्तिक को दरकिनार करेगी। वो निकिता की बातों के पीछे छुपे जज़्बात पढ़ नहीं पाया।

निकिता आगे बोलती गई,

"मैंने सोचा है कि मैं सुसाइड कर लूं, इससे अच्छा कोई सॉल्यूशन नहीं है... इससे सारी परेशानी खत्म हो जाएगी..."

ये कह के उसने फोन काट दिया।

सार्थक को शायद निकिता के हालात का असल एहसास नहीं था। या उसके घर में जो हुआ उसके बाद वो उसे गलत समझ रहा था। ना जाने कैसे, पर, उसे ये यकीन था कि निकिता अपने आप को कुछ नहीं करेगी।

***

कार का दरवाज़ा खोल निकिता अंदर आई और सार्थक से चिपक कर रोने लगी। मानो वो उसके अंदर गुम हो जाना चाह रही हो, जैसे वो सार्थक को उसे अपने आप में छुपा लेने को कह रही हो।

सार्थक ने ड्राइवर को बाहर निकल जाने का इशारा किया और निकिता को समझाने लगा। पांच मिनट की कोशिश के बाद भी जब निकिता का रोना चालू रहा तब सार्थक फट पड़ा,

"पागल वागल हो गई है क्या... क्या तमाशा कर रही है चुप हो बिलकुल,"

सार्थक ने चिल्लाते हुए कहा।

निकिता डर के उससे अलग हो गई और अपने में सिमट के सिसकने लगी।

69

सार्थक बोलता गया, "सोच के देख तू क्या कर रही है, सुबह के 8 बजे अपने घर के नीचे... कार में... एक अनजान लड़के से गले लग कर रो रही है! क्या तमाशा बनेगा कॉलोनी में पता है? संभाल अपने आप को... जो भी होगा मैं देख लूंगा... तू थोड़ा अपना हाल संभाल बस"

निकिता ने अपने हाथ से अपने आँसू पोंछे और विंडो से लग के बैठ गई।

आज तांबे के रंग का चेहरा बिलकुल सफ़ेद पड़ा हुआ था, ना कोई लिपस्टिक लगी थी होंठों पर, ना आँखों पर काजल। निकिता का जिस्म हवा से बेहिसाब हिलते पत्तों की तरह काँप रहा था।

निकिता की ये हालत देख, सार्थक भी डर गया। उसने उसे गले लगाया और अपने हाथ से उसके आँसू पोंछते हुए कहा,

"निकिता, तू अपने आप को अकेला मत समझ... मैं तेरे साथ हूँ... और रहूँगा हमेशा... पर यूँ तो नहीं चलेगा न... ऐसे तो कुछ भी नहीं हो पाएगा... चल कहीं बैठ के बात करेंगे... तुझे चुप कराने का और कोई तरीका नहीं था मेरे पास"

सार्थक ने अब निकिता को अपने से अलग नहीं किया। ड्राइवर को बुला, कार को यूँही सड़कों पे घूमने दिया।

सार्थक के बदन ने अब निकिता की साँसों को महसूस करना शुरू कर दिया था। ऐसा हो भी कैसे जाता कि निकिता उसकी बाहों में कसी रहती और वो बहकता नहीं। सार्थक का दिमाग बंद होने लगा और बदन उसपर हावी हो गया।

दूसरी ओर निकिता की आँखें बंद थीं, पूरी रात की जागी निकिता उसकी बाहों में गिर कर सुकून ढूंढ रही थी।

ये शायद उन दोनों के रिश्ते की शुरुआत थी, एक अनमोल पल।

तभी अचानक कार की ब्रेक लगी और सार्थक आगे की ओर झुका, अचानक हुई हरकत से निकिता और सार्थक अलग हो गए।

सार्थक की खुमारी टूटी और उसे अपने आगे खड़ी पहाड़ जैसी पहेली का फिर एहसास हुआ। वो सोचने लगा कि वो क्या करे, निकिता को नॉर्मल किए बिना आगे कुछ हो भी नहीं सकता था।

काफी देर सोचने के बाद सार्थक ने अपने एक दोस्त अंशुमन के घर जाने की सोची, शायद वो ही एक आदमी था जो सार्थक पर बे-तरह भरोसा करता था, और सार्थक ये जानता था कि वो उससे कुछ नहीं पूछेगा, उसपर पापा का ट्रांसफर मुंबई हो जाने के कारण आजकल वो रहता भी अकेला था।

उसने अंशुमन को फोन लगाया,

"कहाँ है तू... घर आ रहा हूँ तेरे"

अंशुमन - "हाँ आ जा... क्या हुआ आज ऑफिस नहीं गया? पार्टी लंबी चली क्या रात में..."

उसने सार्थक को छेड़ते हुए कहा,

सार्थक के लफ़्ज़ों में कोई भाव नहीं थे, थी तो बस एक जल्दीबाज़ी,

"सुन यार... इमरजेंसी सिचुएशन है... मेरे साथ मेरी एक फ्रेंड है... कुछ डरी हुई है... मुझे तेरे घर पर कोई और नहीं चाहिए"

उसकी बात सुन अंशुमान की बातों में चिंता छलक गई,

"सब ठीक है ना?"

सार्थक ने उसे भरोसा दिलाते हुए कहा,

"हाँ... मैं पहुँच रहा हूँ बस बीस मिनट में"

ये बोलकर सार्थक ने फोन काटा और ड्राइवर को वहाँ चलने को कहा।

चंद किलोमीटर का वो रास्ता निकिता को मानो कहीं सदियों सा लंबा लग रहा था। वो एक विंडो से और सार्थक दूसरे विंडो से लग कर बैठे रहे, सार्थक सिगरेट फूँकता रहा और निकिता आँखें नीचे करके बैठी रही। किसी ने किसी से कुछ नहीं कहा, ना ही सार्थक ने बताया कि वो कहाँ जा रहे हैं, ना ही निकिता ने उससे पूछा।

उसने बस चुपचाप अपना हाथ सार्थक के हाथ में रख दिया और उसे सिगरेट फूँकते देखती रही...

***

अंशुमन के घर...

"निकिता... जो मैं कह रहा हूँ उसे शांत दिमाग से सुन... क्योंकि ये हम दोनों के लिए ज़रूरी है,"

सार्थक की आवाज़ भारी थी, ज़िम्मेवारी से भरी।

"पहली बात... इतना टूट जाएगी तो काम कैसे चलेगा... ऐसा कुछ नया तो हुआ नहीं है... ये वीडियो पिछले कई साल से इंटरनेट पर है... कुछ हुआ? तो अब एक दिन में क्या हो जाएगा?

सिर्फ मुझे पता है... और मुझे पता होना तेरे लिए बुरी नहीं, अच्छी बात है... इसलिए ये रोना और डरना बंद कर... मुझे पता है ये मुश्किल है पर मुझे तू वैसी ही चाहिए जैसी पहले थी,"

सार्थक ने उसे सँभालते हुए कहा।

"दूसरी बात... कार्तिक कहाँ है? वैसे तो बड़ा निकिता निकिता करता है!

मैं उसकी मर्ज़ी के बिना कुछ नहीं करना चाहता... मेरी ज़िन्दगी खराब हो मुझे चलेगा लेकिन तेरा प्यारा रिश्ता मेरे कारण खराब नहीं होना चाहिए...

बुला उसे... अभी... यहीं बुला ले... तू नहीं कर सकती तो मैं करता हूँ बात उससे... बोल..."

सार्थक एक पल के लिए रुका और फिर ज़ोर देते हुए बोला।

निकिता की आँखों में दर्द उतर आया, उसकी चुप्पी टूटी,

"सार्थक... कार्तिक कुछ नहीं करेगा... बस नोचेगा मुझे... उसे इस बात का पता मत लगने दियो... मैंने तुझे उस दिन भी कहा था... कार्तिक सार्थक नहीं है!"

सार्थक ने उसकी बात नहीं समझी, या फिर समझ के भी उसे अनदेखा कर दिया। उसे उनके रिश्ते के तनाव के बारे में तो पहले से पता था। पर कार्तिक इस मुश्किल के वक्त भी निकिता का साथ नहीं देगा ये बात उसके गले नहीं उतर रही थी। वो अपना आपा खोने लगा और उसकी आवाज़ में गुस्सा भर गया,

"ऐसे कैसे चलेगा... या तो उसको बता या फिर उसको अपनी लाइफ से जाने बोल... अगर तू उसको अपनी परेशानी नहीं बता सकती तो फिर किस बात का प्यार... तू तो कहती है ना घर वालों से लड़ जाऊँगी पर शादी उसी से करूँगी...

मैं भी तेरी क्या मदद कर लूँगा अगर तेरा अपना सपोर्ट सिस्टम काम नहीं आएगा तो..."

निकिता की आँखों से उसके जज़्बात बहने लगे।

सार्थक ने उसकी ओर देखा तो उसका गुस्सा उतर गया। उसने निकिता का चेहरा फिर अपने हाथों में सँभाला और बोलना शुरू किया,

"देख मेरे लिए तू आज भी वैसी ही है जैसे पहले थी... तू ये मत समझ कि अब सार्थक को पता चल गया तो तुझे सार्थक की बात माननी ही है... भूल जा वीडियो को... मुझे कोई फर्क नहीं है! मैं तुझे कल भी रिस्पेक्ट करता था और आने वाले कल भी करूँगा... बाकी अगर तू चाहती है कि मैं इस वीडियो के बारे में कुछ करूँ... उसे किसी तरह से इंटरनेट से हटवाऊँ तो कार्तिक से तो बात करनी ही पड़ेगी न... वही तो है जिसने तेरा ज़िन्दगी भर साथ निभाना है..."

निकिता का सब्र टूट गया, वो एकदम से उठी, आँसू पोंछ सार्थक की तरफ़ पीठ कर के बोलने लगी। उसकी आवाज़ धीमी थी पर उसका दर्द साफ़ सुनाई दे रहा था,

"ये भी एक दिन होना ही था... सच और सही हमेशा से ही अलग होते हैं... मेरा सच भले ही कार्तिक हो लेकिन वो सही तो नहीं है... आज शायद अपना सच बदलने का वक्त आ गया है!"

इतना कह कर उसने फ़ोन उठाया और कार्तिक को कॉल कर फिर कभी बात ना करने के लिए कह दिया। हालाँकि वो कार्तिक से बात करते हुए तरह तरह के शिकवे करती रही पर रोई नहीं। कार्तिक को शायद इस बात का पहले से ही अंदाज़ा था, उसने निकिता से सिर्फ इतना पूछा कि क्या वो सार्थक के साथ है, जिस पर निकिता ने हाँ में जवाब दिया।

फ़ोन काट कर निकिता पलटी और सार्थक की तरफ़ देख बोलने लगी,

"सुन... आज से तू ही मेरा सच और तू ही मेरे जीवन का सही है... मुझे नहीं पता तेरी सना कहाँ जाएगी पर मैं उसको तेरी लाइफ में रहने नहीं दूँगी... क्योंकि अब तू मेरा है... और एक दिन तू भी उसे यूँही अपनी लाइफ से निकालेगा... बोल निकालेगा ना... करता है ना इतना प्यार मुझसे..."

ये कह कर निकिता ने सार्थक का माथा चूमा और उसके आगोश में सिमट गई।

ये बोलते हुए निकिता के चेहरे पर गुस्सा चमक रहा था, सार्थक ये समझ ही नहीं पाया कि ये गुस्सा कार्तिक के लिए है या फिर उसके भाग में फूटा है!

इस पल में सार्थक ये जान गया कि निकिता चाँद की तरह है, उसका एक हिस्सा हमेशा छुपा रहता है। आज पहली बार सार्थक ने निकिता का ये रूप देखा, उसने अभी निकिता से अपनी दोस्ती को इतना बड़ा माना नहीं था कि वो सना की बात को बीच में भी लाए। खैर, उसने अभी चुप रह जाना ही सही समझा और निकिता को अपने आगोश में कस लिया!

कुछ ही पल में निकिता सार्थक से अलग हो गई, वापस बेड के किनारे बैठी और उसने एकदम सख्त आवाज़ में कहा,

"ले हो गई मैं नॉर्मल अब बोल क्या करना है,"

सार्थक उसको देखता रह गया। हर एक पल के साथ उसके बदलते रंग सार्थक को डसने लगे, वो चाह कर भी कुछ ना कह सका। पर निकिता उस पर और दबाव बनाती गई, जैसे उसे आज ही सब कुछ ख़त्म कर देना था।

सार्थक ने उसे पुलिस के पास जाने या अपने घर के बड़ों को बताने की बात कही। घर वालों के पास जाने पर तो निकिता ने बिल्कुल ही मना कर दिया, हाँ पुलिस स्टेशन जाने को वो फिर भी तैयार थी।

सार्थक ने उसे आज कहीं ना जाकर, अपना मन हल्का करने और हिम्मत बाँधने के लिए मना लिया।

असल में सार्थक निकिता के दिखाए तेवर से बाहर नहीं निकल पा रहा था। उसको ये जानना था कि जिस बेफिकरे अंदाज़ में निकिता ने कार्तिक को अपनी ज़िन्दगी से निकाल फेंका है उसके मायने क्या हैं। निकिता का एक ही पल में फैसले कर लेना, चाहे वो वीडियो देखने के बाद हो या आज, सार्थक को डरा गया। सार्थक समझ नहीं पा रहा था कि वो

निकिता की मदद कर रहा है या निकिता उससे अपनी मदद करवा रही है!

***

सार्थक ने अपनी कार से रम की बोतल निकलवाई और अपने लिए ड्रिंक बना निकिता के पास बैठ कर पीने लगा। उसके दिमाग में निकिता और कार्तिक का फोन कॉल जैसे बार बार चलता जा रहा था। वो जैसे उसी पल में अटका था और उसे ही आगे बढ़ाना चाहता था, उसने सिगरेट जला ली और कश खींचता हुआ बोला,

"ये कार्तिक से क्या क्या बोल दिया गुस्से गुस्से में? वैसे सोच तो इतनी जल्दी भी क्या है... एक हादसे से सब कुछ बिखरना नहीं चाहिए... रिश्ते इन सब बातों से तो बड़े होते हैं ना आखिर,"

सार्थक ने बात ख़त्म करके सिगरेट निकिता की तरफ कर दी, निकिता ने सिगरेट तो नहीं छुई पर सार्थक की बात का जवाब दिया। उसके चेहरे के भाव एक दम बदल चुके थे, उसकी आँखों में प्यार भर आया था,

"नहीं सार्थक... एक दिन में कुछ नहीं होता... एक पल में तो बिलकुल भी नहीं... तू ये समझ कि कार्तिक को लेकर जो सब्र मैंने बाँधा हुआ था उस सब्र के बाँध को आज तेरा पागलपन बहा ले गया...

शुरू शुरू में वो मेरी ज़िद था... मैं उसके पीछे भागती थी... मुझे अच्छा भी लगता था... लेकिन धीरे धीरे वो मेरी बेक़द्री करने लगा... उसने मुझे बहुत बुरा बुरा फील करवाया है... बहुत नोचा है उसने मुझे... उसके दिए हुए ज़ख्म मेरे ज़ेहन से आसानी से नहीं जाने वाले...

और फिर तू... तेरा तो सपना हूँ ना मैं... है ना... उसके बदले अगर तू मिला है मुझे तो मैं मोड़ भी कैसे दूँ...

और सुन ले... मेरे घर वाले मेरा रिश्ता पक्का कर के बैठे हैं... लड़का भी यहीं रहता है दिल्ली में... जब भी शादी की बात होगी घर वाले उसी से करने को कहेंगे... पर मैं... मैं आज से तेरे सहारे हूँ... तेरी परेशानी हूँ... आज के बाद कार्तिक की कोई बात नहीं होगी... आज के बाद सिर्फ तेरी और मेरी बात होगी... हमारी बात होगी...

तू चाहता है तो सबको बता... नहीं चाहता तो किसी से ना कह... मुझे इस बात की कोई फ़िक्र नहीं है... पर सना को बता... जितना जल्दी हो सके उतना जल्दी..."

निकिता बोलती ही जा रही थी, बिना रुके, ना जाने क्या क्या। ऐसा लगा जैसे बहुत दिन से उसके अंदर भरा गुबार आज निकला। सार्थक को कहाँ पता था कि ये गुबार सार्थक की ज़िन्दगी में तूफ़ान लाने वाला है।

सार्थक ने उसे बीच में टोक दिया, वो शायद अपने दिल का बोझ उतारना चाहता था, उसने अपने दिल का सच कह दिया,

"बाकी सब तो अपनी जगह है निकिता पर सना को बताने का जब वक़्त आएगा तो मैं बताऊँगा... मुझे पता है तू परेशान है... और तूने अपनी परेशानी में बहुत बड़ा कदम उठा लिया... मैं तुझे वापस मुड़ने को नहीं बोल रहा... पर मुझे वक्त लगेगा... ये सब मेरे लिए इतना आसान नहीं है

तेरे और मेरे बीच में क्या है... मुझे अभी खुद भी नहीं पता... और रही बात सना की तो वो बहुत अलग है निकिता... इन सब बातों से परे"

निकिता को शायद सार्थक की ये बात नागवार गुज़री और उसके लफ्ज़ों में ज़हर उतर आया,

"तो भाईसाहब आप अपनी देवी माता को मंदिर में बिठा के पूजिए... मैंने कहाँ मना किया है..."

सार्थक ने उसे टोकना चाहा तो वो और बिखर गई। उसने एक गहरी साँस ली और बोली,

"सार्थक... तू चाहता क्या है? कितने महीनों से मेरे पीछे पड़ा है... रोज़ मुझे बाहर ले जाता है... डिनर कराता है... मूवीज दिखाता है... दुनिया भर के ना जाने क्या क्या गिफ्ट लाके मेरा घर भर दिया है तूने सार्थक... और कैसे होता है दो लोगों के बीच कुछ... तू ही बता दे,"

उसने एक पल को रुक सार्थक की ओर देखा और फिर बोलने लगी,

"मुझे लगा कि तू मुझे बिस्तर पर चाह रहा है... मैंने वो मान लिया... पर तुझे बिस्तर पर आना नहीं था...

अपना सब कुछ आज एक मिनट में तुझ पर वार के फेंक दिया मैंने... तब भी तू आगे बढ़ने को तैयार नहीं... मैं ऐसे ना बोलूँ तो क्या करूँ फिर... तू ही बता?

मैं इतनी समझदार नहीं हूँ सार्थक... तू आया सच्चे मन से... मुझे एहसास हुआ, नहीं निकिता यही इंसान है जो तुझे प्यार करता है... मैं खुली बाहों से बुला रही हूँ तुझे... अब तू सोच तुझे क्या करना है... और रही बात उसकी तो जब बताना हो तब बताना अपनी देवी माँ को... तू नहीं बताएगा तो मैं बता दूँगी... पर मेरा बताया सह नहीं पाएगी वो... तू मुझसे कुछ ना कहना फिर!"

सार्थक अब निकिता को रोक नहीं पा रहा था, वो अपने हिसाब से बह रही थी। उसे कुछ नहीं सुझा तो उसने बात बदलने की सोची और बोला,

"चल छोड़, ये बात इतनी इम्पोर्टेंट नहीं है जितना अभी वीडियो का मसला है... ये सब बात बाद में सोच लेंगे... कल का प्लान बनाते हैं जो ज़रूरी है... कल चलते हैं सबसे पहले विमेन सेल, हो सकता है जितना मुश्किल हम समझ रहे हों उतना हो ना"

***

अगले दिन, पुलिस स्टेशन पर...

सबसे पहले मिले इंसान ने तो सिर्फ़ एप्लिकेशन लिख के दे जाने को कहा, वो तो बात सुनने को तैयार ही नहीं था, जब सार्थक ने बहुत ज़िद की तो उसने उन्हें अपने सीनियर से मिलवाने के लिए हामी भरी।

उस सीनियर ने पूरी बात सुनी फिर मुस्कुराता हुआ बोला,

"तो भाईसाहब इन मैडम जी की फ़िल्म बन गई और आपको वो हटवानी है!

ये बताओ कि इसमें हम क्या करें... ये तो आप इंटरनेट वालों को लिखो जो दिखा रहे हैं वो फ़िल्म!"

सार्थक ने उसे समझाते हुए जवाब दिया,

"सर, मैंने लिखा है उन सब को कई बार ईमेल... कुछ ने तो वीडियो हटा भी दिया है पर कुछ हैं जो रिप्लाई नहीं करते...

ये देखो ये फाइल में मैंने सब डॉक्युमेंट्स लगाए हैं... इनमें उन सब साइट ओनर्स के एड्रेस भी हैं जो मैंने इंटरनेट से इकट्ठा किए हैं... मैं बस यही कह रहा हूँ कि आप इन लोगों को ऑफिशियल लेटर भिजवाएंगे तो हमारी बहुत मदद हो जाएगी। सर मेरी आपसे रिक्वेस्ट है..."

ऑफिसर के चेहरे पर एक शिकन भी नहीं आई, वो बोला,

"इनसे कुछ ना होता... वैसे भी इंडिया के बाहर होते हैं ये सब चक्कर... यहाँ से कोई ना कर रहा ये काम"

ये कह कर उसने निकिता की तरफ देखा और बोला,

"मैडमजी ये तो फ़िल्म बनवाने से पहले सोचना चाहिए था ना... अब आपने स्वाद लिया है तो कीमत तो चुकानी ही पड़ेगी ना!"

निकिता की आँखें नीची हो गईं, ऐसा लग रहा था जैसे उसकी ठोड़ी उसकी छाती में घुस जाना चाहती हो।

सार्थक झेंप गया,

"आप हमसे ऐसे बात नहीं कर सकते... प्लीज कायदे से बात करिए सर"

सार्थक की इस बात पर ऑफिसर ने चुटकी लेते हुए जवाब दिया,

"अच्छा जी... तो सर हम आपसे कायदे से बात कर लेते... देखो जी ऐसा है... ये आप दोनों की प्रॉब्लम है... आप सॉल्व कीजिए... हमें इससे क्या... आपको कॉन्स्टेबल पहले ही बता चुका है एप्लिकेशन दीजिए और जाइए... हो जाएगा एक्शन...

बाकी एक्शन तो हो ही चुका है आप लोगों का पहले ही!"

ये कह के उसने अपने साइड में बैठी ऑफिसर को ताली दी और खूब ठहाका लगा के हँसा।

निकिता जैसे कुर्सी में धँसी जा रही थी, उसके चेहरे पर पसीने की धारा बह रही थी, उसकी आँखें अभी भी सिर्फ़ ज़मीन को ही देख रही थीं। पर ऑफिसर की बात सार्थक के गले से नीचे नहीं उतरी और वो फट पड़ा,

"देख भाई... तू ये ना सोच कि मेरे आगे पीछे कोई है नहीं... सही सही बात कर... वरना फ़िल्म किसी की भी बन सकती है... देर नहीं लगती उसमें... तुझसे सर सर करके बोल रहा हूँ... फिर भी उल्टी बात कर रहा है... इज़्ज़त हज़म

करने की आदत नहीं है तो बता दे... मैं दूसरी तरह से बात कर लूँगा”

ऑफिसर ने 2 मिनट तक कुछ नहीं बोला, बस आँखें बंद करके बैठा रहा। फिर उसने पेपर पर कुछ लिखा और सार्थक की तरफ बढ़ा कर बोला,

“देख ऐसा है ये पुलिस स्टेशन है यहाँ यूँही काम होता है... तू भले घर का लग रहा है नहीं तो अभी तक तुझे मैं बता देता कि फ़िल्म कैसे बनती है... ये कागज़ पकड़ इसपे एडवोकेट का नंबर है इसको कॉल करके मेरा नाम ले दियो ये बताएगा तुझे क्या करना है आगे”

सार्थक को लगा कि उसका पैंतरा काम कर गया, उसने उस ऑफिसर को थैंक यू बोला और निकिता को चलने के लिए कहा।

बाहर निकल कर उसने कार ही से उस आदमी से बात की, उसको शायद पहले ही इंस्पेक्टर ने सब कुछ बता दिया था। उसने सार्थक से उस वीडियो का लिंक और दो लाख रुपए माँगे। पैसे उसने काम हो जाने के बाद ले लेने की रज़ामंदी दिखाई पर वीडियो का लिंक अभी के अभी भेजने की ज़िद करने लगा।

उसके बहुत कहने पर भी जब सार्थक नहीं माना तो उसने सार्थक को धमकी दी कि उसकी मदद के बिना वो ये वीडियो नहीं हटवा पाएगा, इसलिए उसकी बात मान लेने में ही सार्थक की भलाई है।

सार्थक को अंदाज़ा हो गया था कि ये आदमी इंस्पेक्टर से मिला हुआ है और ये दोनों मिलके उनकी मदद करना नहीं बल्कि उन्हें फँसाना चाह रहे हैं।

दूसरी तरफ, स्पीकर पे सब बात सुन रही निकिता को लगा कि वो लोग उनकी सच में मदद करना चाहते हैं, वो बोली,

"सार्थक चालीससाचप- हज़ार तो हैं मेरे पास बाकी भी इधर उधर से माँग लूँगी... तू इस आदमी को बोल दे कि दे देंगे पैसे... और ख़त्म कर बात!"

सार्थक ने उसको ध्यान से देखा, उसकी आँखों में एक उम्मीद थी, और एक जल्दबाज़ी। सार्थक का दिल पहली बार उसके लिए धड़का। उस पल उसके चेहरे पर मस्ती नहीं मासूमियत थी, सना सी ही मासूमियत, और शायद वही सार्थक को भा गई। सार्थक ने अपनी जेब से रुमाल निकाला और उसका पसीना पोंछने लगा,

"पहली बात, आज के बाद तू पुलिस स्टेशन नहीं आएगी... मैं अकेला ही आऊँगा...

दूसरा, तू पागल है जो इस आदमी की बात मानने को कह रही है... देखा नहीं कैसे वीडियो वीडियो कर रहा है... तुझे क्या लगता है मैं इन्हें एप्लिकेशन लिख के क्यों नहीं दे कर आया?"

निकिता टकटकी लगा के उसे देखने लगी, उसे कुछ समझ नहीं आ रहा था।

सार्थक बोलता गया,

"अगर इन्हें वीडियो मिल गया ना निकिता फिर ये हम दोनों का पता नहीं क्या करेंगे... तू शायद सोच भी नहीं सकती तुझे क्या क्या सहना पड़ेगा... और मैं सोचना नहीं चाहता... इसलिए इनसे दूर रहने में ही हमारी भलाई है"

पहले से ही घबराई निकिता के आँसू गिरने लगे, वो सार्थक के गले से लग गई और बोली,

"तू कैसे सब कुछ सोच लेता है इतनी जल्दी... मैं तो सोच ही नहीं रही थी इस तरह... कितने गंदे लोग हैं यार ये... भगवान ने बचा लिया मुझे... सार्थक तूने बचा लिया मुझे!"

ये कह कर निकिता सार्थक का माथा चूमने लगी, ना जाने एक के बाद एक कितनी ही बार उसने बिना रुके सार्थक का माथा चूमा।

***

सार्थक निकिता को छोड़कर घर के लिए निकल गया, रास्ते में उसकी आँखों में सिर्फ़ निकिता का चेहरा था। उसकी मासूमियत सार्थक के दिल के दरवाज़े खटखटाने लगी, जैसे वो एक पल उसकी आँखों में अटक गया हो। उसी एक पल में अटका, मन ही मन मुस्काता, सार्थक, कार की पिछली सीट पर अपने ख़यालों में खोया घर पहुँच गया।

घर का दरवाज़ा खोलते ही माँ की आवाज़ उसके कानों में पड़ी,

"आ गया! तेरी एक चिट्ठी आई है... वहाँ रखी है टीवी के नीचे... देख ले फिर कहेगा बताया क्यों नहीं"

सार्थक अच्छे से जानता था कि ये ख़त उसे सना ने ही भेजा होगा। वही हमेशा उसे ख़त भेजा करती, खासकर तब जब वो कई दिन तक उससे मिलता नहीं। उसके ख़त में आमूमन कोई नज़्म होती, जिसे फिर सार्थक अपना बताकर लोगों को सुनाता। पर आज बात और थी, सार्थक ने एंवेलोप उठाया और बालकनी में जाकर पढ़ने लगा,

सार्थक

याद है तुमको... तुमने मुझे एक बार कहा था कि तुम अँधेरी रात की तरह हो और मैं उगता सूरज लिए आने वाला दिन... हर सुबह तुम्हें मुझमें मिलना ही होता है... मुझमें मिलके तुम अपने आप को खो देते हो और नया रूप ले जगमगाने लगते हो...

ध्यान दिया? आज पूरा एक महीना हो गया तुम्हें देखे...

ऐसा तो पहले भी हुआ है कि हम हफ़्तों ना मिले हों... पर हमारी बात ही ना हो! ऐसा तो नहीं होता कभी...

तुम ना फोन कर रहे हो... ना उठा ही रहे हो... मैसेज का जवाब भी नहीं देते... ऐसा भी क्या हो गया?

मैंने मम्मी से बात की... वो भी परेशान हैं... कह रही थीं कि या तो कमरे में बंद रहता है या घर से बाहर

सार्थक, मैं ये भी जानती हूँ कि तुम्हें अगर कोई परेशानी होती तो तुम मुझसे ज़रूर कहते क्योंकि दुनिया में ऐसा कोई काम नहीं जो तुम्हारे कहने पे मैं ना कर दूँ...

जब भी तुम दूर जाते हो मुझसे कहते हो कि मैं खुद से भाग रहा था... पर इस बार ना जाने ऐसा क्यों लग रहा है, हो ना हो, तुम मुझसे दूर भाग रहे हो, खुद से नहीं... तुम ही बताओ कि मैं अपने मन की इस आवाज़ को क्या समझूँ? क्या तुम्हें मुझसे ज़्यादा उजाला कहीं और मिल गया है?

मुझसे बस इतना सा कह दो कि जो मैं सोच रही हूँ वो गलत है...

मुझे बस एक शाम दे दो सार्थक...

हाँ दूर बहुत है भोर अभी
है रात घिरी घनघोर अभी

माना कि अँधेरा गहरा है
आँखों पे तमस का पहरा है

हर ओर सुनाई देता है
एक शोर सुनाई देता है
कानों में चीखता सन्नाटा
पुरज़ोर सुनाई देता है

जो सच है सारा झूठा है
मन, प्रेम, मोह सब टूटा है

ये कैसे काले साए हैं
मुझ मन पे सारे छाए हैं

जुगनू सा किरन बन के आ तू
नीरस मन बरखा बरसा तू

ये तिलिस्म तोड़ कर भोर अभी
बाहों में भर झिंझोड़ अभी

तू बीज खुशी के बो दे आ
कुछ बूँद उजाला रो दे आ

सार्थक दो हिस्सों में बँटा महसूस कर रहा था, आज से पहले ऐसी बेचैनी उसको कभी नहीं हुई थी। दो पल के लिए भी आँख बंद करता तो निकिता की सना से आगे बढ़ने की पुकार उसके कानों में गूंजने लगती। आँखें खोलता तो सना के ख़त में उसे उसका चेहरा बना नज़र आता।

उसे नहीं मालूम था कि उसे निकिता की बात मान आगे बढ़ना है या सना की बाहों में जाकर छुप जाना है। उसे आगे की राह में धुंध दिख रही थी, सिर्फ़ धुंध!

तभी उसके पापा की आवाज़ आई, जो उसे शायद खाने के लिए बुला रहे थे। अनमना सा सार्थक, सना के ख़त को टेबल पर संभाल पापा के पास हो लिया।

***

खाने की टेबल पर...

सार्थक ने अपने मन की उलझन लफ़्ज़ों में पापा के सामने रख दी,

"पापा... अगर ना चाहते हुए भी किसी का बहुत बुरा करना पड़े तो?"

पापा उसको पिछले कई दिनों से देख रहे थे, उन्हें एहसास था कि वो किसी उधेड़बुन में लगा है। वो उसकी उलझन सुलझाना चाहते थे, उन्होंने बोलना शुरू किया,

"जब चाहता नहीं है तो फिर बुरा करना क्यों है? हुआ क्या है सही सही बता"

सार्थक पापा के सामने खुलने लगा,

"नहीं बस वो ऐसे ही... सच और सही में से किसी एक को चुनना पड़े तो?"

उसकी ये बात सुन पापा थोड़ा चौंके। उन्हें पता चल गया कि ये बात सार्थक की अपनी नहीं, ज़रूर वो कहीं और से लाया है। वो उसकी मन की उलझन समझ गए और बोले,

"हम्म... जो सही है वही सच होता है सार्थक... सच और सही कभी अलग नहीं होते... अगर आपको लगता है कि जो सही है वो सच नहीं तो आप अपने आप को धोखा दे रहे हो... फिर आपका सच सच नहीं... एक सच का वरक चढा हुआ झूठ ही है...

और सुन तू अभी जिस उम्र में है... बहुत से लोग लाइफ में आते जाते हैं... लेकिन ऐसे आने जाने वाले लोगों पर ध्यान नहीं दिया करते... जो तुम्हारे साथ हो उसे संभाल कर रखना चाहिए...

मैंने तुझे पहले भी कहा था तू नशा करना बंद कर दे... मैं खुद जाकर उस लड़की के घर बात कर लूंगा... जिसके पिताजी यहाँ आए थे... क्या नाम है उसका?"

सार्थक झेंप गया,

"क्या पापा आप भी!"

वो फटाफट खाना ख़त्म कर वहाँ से भाग गया। उसका दिमाग़ चलना बंद हो गया, कमरे में पहुँचा तो उसकी नज़र फिर सना के ख़त पर पड़ी। उसको लगा कि शायद सना के पास जा ही उसके दिमाग को आराम मिलेगा, वो उसको अपनी बाहों में समेट बाकी सब कुछ भुला ही देगी।

अपने आप से भागता सार्थक आख़िरकार सना के घर की ओर चल दिया।

***

सना के घर...

शायद आज पूनम नहीं थी और अमावस भी नहीं,

रात के आँचल में चाँद की चाँदी की दरार पड़ी तो हुआ थी, पर उतनी भी नहीं कि हाथ को हाथ सुझाई दे जाए। सार्थक पीछे वाले गेट का सहारा लेते हुए हमेशा की तरह सना के कमरे की बालकनी में दाखिल हो गया।

सना ने कमरे के दरवाज़े पे पर्दा किया तो हुआ था पर ऐसे कि उसे आसमान दिखता रहे, उसे रात में बैठ के आसमान देखने का बहुत शौक़ था। उसी दरीचे में से सार्थक को सामने बैठी सना नज़र आ रही थी, रात गहरी हो जाने के बाद भी वो अब तक सोई नहीं थी। उसके एक हाथ में व्हिस्की का ग्लास और दूसरे में पेन था, शायद वो अपने अकेलेपन को काग़ज़ पर उतार रही होगी।

तभी उसकी नज़र सार्थक की ओर पड़ी, उसको अपनी आँखों पर भरोसा ना हुआ, वो जैसे अपने आप से ही बात करते हुए बोली,

"तुम आए हो... या फिर ये व्हिस्की की खुमारी भर है?"

सार्थक के अंदर छुपे जज़्बात उस पर हावी हो गए, उसकी आवाज़ धीमी हो गई और आँसू जैसे बस आँख तक आकर रुक गए। उसने सना की बात का जवाब देते हुए कहा,

"मैं आया हूँ सना..."

सना को अभी भी भरोसा नहीं हुआ, उसे लगा जैसे वो अपने आप से ही बातें कर रही है, वो आगे बोली,

"ऐसे कैसे मान लूँ... ज़रा पास आकर छूहो मुझे... अपने एहसास गहरे करो कि मैं जान जाऊँ ये खुमारी भर नहीं..."

सार्थक ने बड़ी मुश्किल से अपने जज़्बात बहने से रोके और आगे बढ़ उसे बाँहों में भर लिया।

सार्थक की आवाज़ बिलकुल धीमी हो गई जैसे उसके कान में फुसफुसा रहा हो,

"कहीं अटक गया था सना..."

ये सुनकर सना ज़रा पीछे हटी और फिर सार्थक का गिरेबान पकड़ बोली, उसकी आँखों में गहरे जज़्बात, जैसे सार्थक से उसका हक माँग रहे थे,

"कहीं भी अटको पर ये क्यों भूल जाते हो कि तुमको देखे बिना मेरी साँस अटकी रहती है...

पिछली बार जब आए थे तब टीशर्ट डाल के आए थे आज स्वेटर पहना है... दिल्ली में मौसम रोज़ तो बदलते नहीं, सोचो, कितने दिन हो गए तुम्हें देखे... बात भी नहीं करते हो, मैंने नज़्म भी भेजी उसका भी जवाब नहीं दिया... घर पर आ नहीं सकती ना पापा के कारण... नहीं तो मैं वहीं आ धमकती...

एक काम करो ना, ले ही चलो मुझे अपने साथ... बोल देना ब्याह लाया इसे मैं... कुछ भी नहीं होगा... दोनों घरों में सब लोग तो मान बैठे हैं कि तुम मुझे ले जाओगे एक दिन... तो आज ही क्यों नहीं... बोलो... बोलते क्यों नहीं... एक बार ले चलो अपने साथ... अपने घर... फिर कहीं अटके रहना, मैं नहीं पूछूँगी..."

सार्थक के पास सना की बातों का कोई जवाब नहीं था, उसने बस उसके होंठों पर अपने होंठ रख दिए।

***

पर्दों से छनती सुबह की रोशनी के साथ सार्थक की आँख खुली तो सना उससे लिपट के सो रही थी। ऐसा लगता था मानो उसे बहुत दिन बाद चैन की नींद आई हो। सार्थक सोचने लगा कि वो उसे निकिता के बारे में बताए या अभी और रुके।

तभी सार्थक के फोन पर निकिता का फोन बजा, सार्थक ने फुसफुसाते हुए कहा,

"मैं बाद में फोन करूँगा अभी रखो!"

निकिता की आवाज़ पुरज़ोर थी,

"अपनी देवी माँ के पास हो ना? उससे बोलो मुझे उससे मिलना है"

सार्थक घबरा गया, उसने पहली बार अपने डर का सामना किया था, उसकी आवाज़ में एक छटपटाहट आ गई, उसने निकिता को समझाते हुए कह,

"तुम फोन रखो"

ये कह कर सार्थक ने फोन काट दिया, उसे बिल्कुल भी अंदाज़ा नहीं था कि निकिता ऐसा बोल देगी। वो बस यही मनाता रहा कि उसके जिस्म से लिपटी सना ने ये सब सुन ना लिया हो और सना को सोता हुआ छोड़ वहाँ से निकल गया।

***

सना से मिलने के बाद भी सार्थक को चैन नहीं पड़ा। पिछले कुछ हफ़्तों के हादसे, निकिता का वीडियो, उसके साथ चल रही उधेड़बुन, पुलिस स्टेशन, सना का प्यार, उस पर पहाड़ बन कर टूट रहे थे, अब उसके पास अपने माता-पिता के पास जाने के अलावा और कोई चारा नहीं बचा था।

सार्थक दबे पाँव सीढ़ियों से होता हुआ किचन के पास पहुँचा जहाँ उसकी माँ चाय बना रही थी। दरवाज़े पर पहुँच कर उसके कदम लड़खड़ाए लेकिन उसके मन पर रखा पत्थर उसको आगे ले गया।

सार्थक, अपने आप में खोया हुआ सा, अपनी माँ से बोला,

"माँ... एक बार यहाँ आओ ना... कुछ बताना था आपको"

माँ, सार्थक के बात करने के तरीके से उसके मन की तकलीफ़ भाँप गईं और किचन में अपना काम छोड़, हाथ एप्रन से पोंछ बाहर आकर बोलीं,

"क्या बात है सार्थक? आज माँ की याद कैसे आ गई? ज़रूर कुछ उलट किया होगा तूने?"

सार्थक बिल्कुल रुआसा सा, अपने आप में सिमटा, काँपती आवाज़ में बोला,

"माँ मेरी एक दोस्त... उसका एक वीडियो अपलोड हो गया है... मैं चाहता हूँ उसकी मदद करना पर कुछ हो नहीं पा रहा... वो माँ... निकिता बहुत परेशान है... मैं उसकी परेशानी नहीं देख पा रहा... मैं पुलिस स्टेशन भी गया पर वो लोग और अँधेरे में धकेलने वाली बातें करते हैं..."

सार्थक बोलते-बोलते कुछ पल के लिए रुका... और फिर बोला,

"आप... आप मामा से बोलके कुछ हेल्प करवा दो ना... प्लीज"

माँ का चेहरा गुस्से से तमतमा गया, आँखें बंद कर उन्होंने लंबी साँस ली, फिर वो बिना कुछ बोले किचन की ओर जाने लगीं,

सार्थक ने फिर कहा,

"प्लीज ना माँ..."

माँ ने कुछ पल चुप रहकर सोचा, जैसे उनके मन में लफ़्ज़ ठोकर खा रहे हों। उनके मन में सब साफ़ होने लगा। पिछले कई दिनों से सना भी उन्हें फोन कर सार्थक की ख़बर पूछती, उन्हें पता था कि सार्थक उसे भी रुला रहा है, पर वो अभी तक उन दोनों की आपस की बात सोच कुछ बोल नहीं रही थीं। अब उन्हें एहसास हो गया कि सार्थक क्या कर रहा है।

आखिरकार उनका सब्र टूटा, वो वापस पलटीं, कुर्सी पर बैठीं और सार्थक पर फट पड़ीं,

"मदद? तू करेगा मदद? अरे नाशुक्रे तुझे पता भी है मदद क्या होती है... ये इधर-उधर की आवारा लड़कियों के चक्कर में तू जानता भी है तू किसे रुला रहा है...

उस लड़की को जिसने पाँच दिन लगातार तेरा हाथ पकड़ अस्पताल में काटी थीं, सिर्फ तेरी खुली आँख देखने के लिए... सिर्फ तेरी आवाज़ सुनने के लिए... उस लड़की को जिसने तेरे लिए अपने बाप के ऐशो-आराम को लात मार रखी है...

तेरे लिए वो लड़की रातों जागी रहती है कि तू आएगा तो तुझे निहार भर लेगी... तेरे लिए अपना करियर... दोस्त... परिवार सब छोड़ के बैठी है... उसने अपने लिए कुछ नहीं रखा, सब कुछ तेरी खुशी के लिए दाँव पर लगा दिया... और तू कहता है कि तू उसे दुख देकर किसी और की मदद करना चाहता है?"

माँ अपने गुस्से को सँभालते हुए, आगे बोलने लगीं,

"सुन, मामा तो दूर की बात है... मैं तेरे लिए किसी से कोई बात नहीं करने वाली... तू अच्छे से सना को घर ला... पापा से मैं लड़ लूंगी... इसके अलावा कुछ करेगा तो समझ लेना तेरी माँ तेरे साथ नहीं है..."

ये बोलते-बोलते माँ की आवाज़ और शरीर गुस्से से काँपने लगे, माँ की आँखों में आँसू ठहर गए थे, पर वो उस दिन रोई नहीं, उन्होंने अपनी तकलीफ़ को अपने गुस्से के पीछे छुपा लिया।

माँ का एक दम फटा गुस्सा सार्थक के ऊपर आग बन के बरसा, जैसे माँ ने अपने शब्दों से सार्थक के सपनों को चूर-चूर कर दिया। सार्थक सँभल ही ना पाया और रो पड़ा, माँ उठीं और वापस किचन में जाकर काम करने लगीं। माँ ने ना तो सार्थक को चुप कराया और ना ही आगे कुछ कहा।

कहीं ना कहीं सार्थक भी ये जानता था कि उसकी माँ ने एक-एक शब्द सच कहा है, उसके मन में एक तूफ़ान सा छिड़ गया था। माँ के हर शब्द ने जैसे उसके अंदर का सच खोल कर रख दिया था। निकिता को भले ही आज मदद चाहिए पर मदद के असली मायने, प्यार के असली मायने, उसके जीवन में अगर कोई था तो वो सना ही थी।

सार्थक ने आँखें बंद कीं, लेकिन निकिता की परेशानी उसके दिमाग़ से नहीं गई थी। वो जानता था कि माँ सही कह रही थीं, पर उसका दिल अब भी निकिता के लिए धड़क रहा था। सना ने उसके लिए सब कुछ किया था, पर निकिता भी अब उसकी ज़िंदगी का एक हिस्सा बन चुकी थी।

***

माँ से बात करने के बाद सार्थक सहम गया, उसकी माँ उसे अमूमन डाँटती नहीं थीं। वो कुछ भी कर आता तब भी अपने आँचल में उसे छुपा लेतीं। लेकिन इस बार माँ का गुस्सा जिस तरह उस पर बरसा, वो जान गया कि उसने कुछ बहुत बड़ी गलती कर दी है।

कहीं ना कहीं वो अपने ग़लत को सही भी करना चाहता था पर निकिता के आँसू, उसका एक पल में सार्थक में सिमट जाना, उसके चेहरे की बेचैनी, उसका सार्थक पर भरोसा, उसे वीडियो हटवाने पर मजबूर किए जा रहे थे।

शाम में बिस्तर पर पड़ा करवट बदलता सार्थक सोचता रहा, जब उसे कोई चारा ना सूझा तो उसने सना से ही मदद माँगने की सोची। एक वो ही थी जो उसके कहने पर अपनी जान तक न्यौछावर कर देती। पर दूसरी तरफ सार्थक ये भी जानता था कि वो उसकी आँखों में निकिता के लिए प्यार पढ़ लेगी, वो कुछ भी कर ले, पर सना से अगर वीडियो की बात की तो आगे की बात उससे छुपा नहीं पाएगा।

असल में तो वो भी सना को जाकर सब बता देना चाहता था, वो चाहता था सना से ही पूछे कि ये जो अफरा-तफरी उसके जीवन में मची है इसका हल क्या है। वैसे भी तो सना ही उसके जीवन की सब परेशानियाँ और दुःख ओट लेती थी, जैसे उसके पास कोई सुपरपावर हो। पर सार्थक इतना बहादुर नहीं था, वो सना नहीं था, वो सार्थक था।

उसने सना से चैट पर बात करना चाहा जिससे उसके चेहरे के हाव-भाव छुपे रहें। पहले-पहले के दिनों में वो और सना अक्सर जीटॉक पर घंटों चैट करते रहते... जब वो कैब में ऑफिस जाता, वापस आता, दोस्तों के साथ रहता और जब उससे मिलने पहुँचने को होता।

ख़ैर उसने सना को पिंग किया,

सार्थक:

"एक रात तुम्हारी गोद में सिर रखकर सारी दुनिया भूल जाना चाहता हूँ... ये एक रात... मेरी झोली में डाल दो ना... मुझे पता है अब तुम घर से बाहर कहीं नहीं जाती... पर सिर्फ एक बार मेरे कहने पर... एक दो दिन लंबी रात मुझे दे दो ना..."

सना:

"तुम मेरी जान माँग लो... पर ये मत माँगो... तुम्हें पता है मम्मी की तबियत ठीक नहीं रहती और मैं हर पल उनके पास रहना चाहती हूँ!"

सार्थक:

क्या जहानी, आसमानी

और क्या दौलत-रूहानी

तुमपे तो सबकुछ 'अता है

क्या सितारे क्या नज़ारे

और क्या ही अब्र-पारे

तुमपे तो सबकुछ 'अता है

क्या कहानी क्या निशानी

और क्या ही ज़िंदगानी

तुमपे तो सब कुछ 'अता है

सार्थक:

"तुमने तो कहा था मुझपे सब कुछ अता है?"

सना:

"क्या तुम्हें लगता है मेरे पास ऐसा कुछ बचा है जो तुम पर अता ना हो? ब्याह ले जाओ मुझे! फिर सारी ज़िंदगी मेरी गोद में सिर रखे रहना... कभी हटने को नहीं कहूँगी।"

सार्थक को भी पता था वो सना को घर से बाहर नहीं निकाल पाएगा, वो सिर्फ उसे अपनी तड़प का एहसास कराना चाहता था।

सार्थक:

"मैं हूँ ना तुम्हारे पास, पूरे का पूरा, और क्या चाहिए तुम्हें? कर दो 'अता'!"

सना समझ गई कि बात कुछ और ही है,

सना:

"जान के मुझे तंग कर रहे हो! सच बताओ क्या चाहते हो..."

सार्थक:

"नहीं, कुछ नहीं... वो सागर है न... उसकी दोस्त का एक वीडियो अपलोड हो गया... वो बहुत परेशान है... दोनों पुलिस स्टेशन भी हो आए, कुछ हुआ नहीं... मैंने मम्मी से बोला मामा से कह दो तो वो गुस्सा करने लगीं... यार वो बहुत परेशान है... मैं भी परेशान होने लगा हूँ उसके लिए... पिछली कई हफ्तों से उसके साथ घूम रहा हूँ सुबह शाम... समझ नहीं आता क्या करूँ?"

सना:

"वो वीडियो हटवाना है?"

सार्थक:

"हाँ यार... पर मैं कहाँ कुछ करवा पाऊँगा"

सना:

"सागर तुम्हारा दोस्त, तुम्हारे बाकी दोस्तों की तरह ही लफंगा है... उसको बोलो, उस लड़की को मेरा नंबर दे... मैं सागर से बात नहीं करूँगी... उसे घर बुलाऊँगी अपनी दोस्त बता कर, पापा को बोलूँगी... 2 मिनट में हो जाएगा ये तो...

पर बदले में मुझे क्या मिलेगा?"

सार्थक:

क्या जहानी, आसमानी

और क्या दौलत-रूहानी

तुमपे तो सबकुछ 'अता है

सना:

"तो फिर ठीक है... तुम एक हफ्ता रोज़ मुझसे मिलोगे... दिन में आओगे घर... मम्मी के पास बैठोगे उनसे बात करोगे... भगवान उन्हें किसी भी दिन बुला लेंगे... तुम्हें पता है ना... मैं उन्हें और कोई सुख तो दे नहीं पाई... कम से कम उन्हें ये तो जानने का हक़ है कि तुम कितने अच्छे हो"

सार्थक:

"डन"

सना:

"अच्छा सुनो, आज आ जाओ ना... बहुत दिल करता है तुम्हें देखने को... एक बार अपनी उँगलियाँ तुम्हारे बालों में फेर लूँ तो चैन पड़े... तुम्हें छाती से लगा अपने में समा लूँ तो चैन पड़े... कितने दिन हो गए तुम्हारा माथा चूमे हुए..."

सार्थक:

"देखता हूँ... टाइम का नहीं कहता पर आज आऊँगा... सोना नहीं, चाहे सुबह हो जाए"

इसके बाद, सार्थक ने सना का नंबर निकिता को दिया और उसने सार्थक की दोस्त नहीं बल्कि उसकी दोस्त की गर्लफ्रेंड बनकर सना से बात की। सना ने उससे अच्छे से बात करके उसकी परेशानी समझी और उसे अपने घर आने को कहा।

***

कुछ दिन बाद...

निकिता के कदम सना के बंगले के अंदर पड़ते ही एक अजीब सी बेचैनी उसके दिल में उतर गई। ये जगह एक सपने जैसी थी, जैसे किसी दूसरी ही दुनिया का हिस्सा हो। बाहर खड़े सिक्योरिटी गार्ड्स, उनके हाथ में वायरलेस सेट्स, और अंदर की चिकनी मार्बल की ज़मीन, सब कुछ इतना शानदार था कि निकिता को लगा कि वो यहाँ बिलकुल अजनबी है।

सार्थक ने उसे कहा था कि वो "दोस्त की गर्लफ्रेंड" बनकर आए, पर उसके दिल में कहीं ना कहीं ये सच चुभने लगा था। जब उसने सना को शीशे के उस पार से देखा, उसके चेहरे पर सजी मुस्कान और अदा, निकिता को छोटा महसूस कराने लगे।

सना ने खुद आके दरवाज़ा खोला, उसके चेहरे पे वही शांति थी जो सार्थक अक्सर बताया करता था। वो बिलकुल वैसी ही दिखती थी जैसा सार्थक ने शुरू के दिनों में उसके बारे में बताया था - चेहरे पर मासूमियत, बड़ी-बड़ी आँखें, लंबे हिप्स तक आते बाल, पैरों में पायल, चलने पर छन-छन की आवाज़ करती हुई, होंठों पर मुस्कान लिए, तीखे नैन-नक्श।

निकिता एकटक सना को देख रही थी, तभी उसका नाम उसके कानों में पड़ा,

"आओ निकिता... तुम्हारा ही इंतज़ार हो रहा था"

सना ने उसको अंदर बुलाते हुए कहा

निकिता एक पल के लिए अपनी जगह पर ही थमी रही, उसने कभी सोचा भी नहीं था कि सना के साथ उसकी पहली मुलाकात यूँ होगी। अंदर आते ही उसने देखा, सब

कुछ जैसे किसी सपने से कम नहीं था। बढ़िया फर्नीचर, बड़ी-बड़ी खिड़कियों से दिखते हरे-भरे लॉन, और अंदर का शांत माहौल।

पर उसे सबसे ज़्यादा जो चुभा, वो था सार्थक को टेबल पर बैठे देखना, सना की माँ के साथ बातें करते हुए, उसे देख कर कोई कह ही नहीं सकता था कि वो इस घर का नहीं। उनके बीच का रिश्ता कितना गहरा था, ये देखने से ही समझ आ रहा था। सना की माँ सार्थक से इतने अपनापन से बात कर रही थीं जैसे वो उनका अपना ही बेटा हो।

सार्थक: "आंटी, आपने दवाई ले ली ना? मैं कल फिर याद दिला दूँगा, आपको खुद को इतना स्ट्रेस नहीं लेना चाहिए।"

सना की माँ अपने हाथों में सार्थक के हाथ को रखते हुए बोलीं,

"बेटा तुम हो तो मुझे सब याद रहता है... तुम्हें यहाँ देख कर हमारा घर पूरा लगता है!"

ये सब देखकर निकिता का मन और बोझिल हो गया,

"ये है सार्थक का सच्चा रिश्ता, उसके लिए ये जगह कितनी अपनी है, और मैं? मैं क्या हूँ उसकी ज़िंदगी में?"

निकिता आज एक अलग ही दबाव में थी, ना जाने क्यों पर आज पहली बार उसके चेहरे पर उसका हमेशा वाला अल्हड़पन नहीं था, ना ही उसकी रोज़ वाली बेफिक्री।

निकिता अपने मन की हलचल संभाल पाती, उससे पहले ही सना चाय लेकर आ गई, उसकी आँखों में कोई नफरत नहीं थी, ना ही कोई दिखावा। जब निकिता चाय लेने के लिए अपना हाथ बढ़ाने लगी, सना ने उसे ऊपर से नीचे तक ऐसा

देखा जैसे वो देखना चाहती हो कि उसमें ऐसा क्या है जो सना में नहीं, यही सोचते-सोचते सना ने निकिता से कहा,

"सार्थक ने मुझे तुम्हारे बारे में बताया था... और ये भी कि तुम कितनी परेशान हो उस वीडियो को लेकर... मैंने अपने पापा से बात की, वीडियो हटवाने में अब कोई दिक्कत नहीं होगी..."

निकिता के मन में ख्याल आया कि सना, जिसके अपने पापा के साथ रिश्ते ख़त्म होने की कगार पे थे, सिर्फ सार्थक की वजह से, उसने पापा के पास जाकर निकिता के लिए मदद माँगी। इतना सब करके भी, ये लड़की कितनी शांत है, कितनी गहराई दिखती है इसकी आँखों में।

तभी सना ने आगे बोलना शुरू किया,

"और सुनो निकिता... मुझे पता है तुम सार्थक के दोस्त की गर्लफ्रेंड नहीं हो... तुम वही हो जिसके लिए सार्थक इतनी दौड़-धूप कर रहा है... पर ये भी पता है कि उसने सिर्फ तुम्हारी मदद करने के लिए ये सब किया है... और कुछ नहीं... है ना सार्थक?"

उसने सार्थक की तरफ देखकर अपनी बात ख़त्म की।

सार्थक ठगा सा रह गया। सार्थक को लगा था कि सना उसकी बातों में आ गई है, वो जान ही ना पाया कि सना बिन बोले, बिन देखे, चैट पर ही सब बात समझ गई है। उसने सना की बात का जवाब नहीं दिया, बस हाँ में सिर हिला दिया।

निकिता के दिल पर जैसे एक और वार हुआ, सना सब कुछ जानकर भी अपने चेहरे पर एक मुस्कान लिए बैठी थी। ना चाहते हुए भी उसके मुँह से एकदम ये लफ्ज़ निकल गए,

"तुम ये सब जानकर भी मेरी इतनी मदद क्यों कर रही हो?"

सना ने अपनी आँखों में अपने दिल की गहराई लिए उसकी आँखों में देखा, फिर एक गहरी साँस लेकर बोली,

"सार्थक के लिए..."

इसके बाद वहाँ एक मिनट तक चुप्पी रही, फिर अचानक सना ने आगे बोलना शुरू किया,

"तुम समझती हो ना? मेरे पास आज के दिन सिर्फ सार्थक बचा है... तुम्हारा वो वीडियो हटवाना ज़रूरी था... क्योंकि अगर तुम परेशान होती तो सार्थक परेशान होता... और वो मैं नहीं चाहती"

निकिता चुपचाप सब सुन रही थी, सार्थक के लिए सना की ये वफ़ादारी उसे एक कांटे की तरह चुभ रही थी।

फिर, सना ने अपने फोन का स्क्रीन अनलॉक किया और निकिता को देखते हुए बोली

"तुम अपने वीडियो का लिंक दे दो... ये सब आज ही हैंडल हो जाएगा"

निकिता ने अपना फोन निकाला और सार्थक से मिले लिंक को भेज दिया। सना ने उसके लिंक को अपने पापा के लोगों के पास भेजा और एक पल में सब सेट हो गया।

निकिता के दिल में एक तूफ़ान उठ गया। जब सब ख़त्म हो गया, सना निकिता को दरवाज़े पर ले गई, उसकी आँख से आँसू गिरने लगे और उसने निकिता से कहा,

"मेरा घर तुम्हारे लिए हमेशा खुला है निकिता... पर एक गुज़ारिश है... दोस्त बनके आना... घर तोड़ने नहीं...

तुम जानती हो ना सार्थक के बिना मैं कुछ भी नहीं हूँ... मेरे पास ले देकर सिर्फ सार्थक ही बचा है... ये नहीं तो मैं हूँ ही नहीं...”

निकिता का दिल भर आया। उसने सोचा भी नहीं था कि सना यूँ अपना दिल निकाल कर उसके सामने रख देगी, उससे सार्थक को ऐसे माँगेगी कि वो कुछ बोल ही ना पाए। उसने एक पल के लिए सना की तरफ देखा, फिर बिना कुछ बोले आहिस्ता से दरवाज़ा खोलकर बाहर निकल गई।

जब वो बंगले से बाहर निकली, तो उसका दिल जैसे छोटे-छोटे टुकड़ों में बँट गया था। वो दीवार के सहारे लग ज़मीन पर बैठकर रोने लगी। उसने अपना फोन निकाला और सार्थक का नंबर डायल किया।

निकिता ने धीमी आवाज़ में सार्थक से कहा,

“सार्थक... तुमने कभी बताया नहीं कि सना तुमसे कितना प्यार करती है”

सार्थक घबरा सा गया और उसने निकिता को समझाना चाहा, पर उसने सार्थक की एक ना सुनी और उसकी बात बीच में ही काटते हुए बोली,

“आज तुमने मुझे बहुत छोटा महसूस करवाया सार्थक

वो मुझसे बहुत ऊपर है... मैं उसके सामने कुछ भी नहीं हूँ... सार्थक तुम उसके सामने कुछ भी नहीं... अब मेरे पीछे मत आना... हो सके तो ऑफिस भी मत आना... मैं तुम्हें देख के दूर नहीं रह पाऊँगी और उसके प्यार को देख के तुम्हें पा भी नहीं पाऊँगी”

निकिता आज वो लड़ाई हार गई थी, जो लड़ाई उसने कभी जीतने के लिए लड़ी ही नहीं थी। सना के प्यार के सामने, उसका वजूद एक पल में मिट्टी हो गया।

***

सार्थक कुछ देर सना की मम्मी के साथ बैठा, अनमना सा, इधर-उधर की बातें करता रहा। वो सच में सार्थक को देख खिल उठी थीं, वो सार्थक से बार-बार बस यही कहतीं कि सार्थक को घर में देख वो बहुत खुश हैं।

असल में सना ने जो आज किया वो सार्थक के लिए एक जोरदार तमाचा से कम ना था। उसका बालक मन जो निकिता के अनगढ़ पन में उलझ रहा था, वो काँप गया। जैसे उसका बनाया कोई बुलबुला फूटा हो और वो सच के फर्श पे आ गिरा हो, जैसे सना ने उसे नींद से उठा निकिता और उसका सपना चकनाचूर कर दिया हो।

सार्थक के मन में हज़ारों सवाल दौड़ गए। अगर सना को सब पता चल गया था तो उसने सीधा-सीधा मुझसे लड़ाई क्यों नहीं की? उसने वीडियो हटवाने में मदद क्यों की? उसने निकिता को घर क्यों बुलाया? उसी समय मुझे आकर आंटी से बात करने को क्यों कहा?

क्या वो निकिता को दिखाना चाहती थी कि मैं कैसे उसके हाथ की चूड़ी से बंधा एक बुंदा भर हूँ, जिसे निकिता चाह कर भी उसके हाथ से तोड़ ना पाएगी?

सार्थक गुमसुम बैठा ये सब सोच रहा था, तभी उसके कानों में सना की आवाज़ पड़ी,

"सार्थक आओ ऊपर चलते हैं... कुछ बातें करनी हैं मुझे..."

सना की आवाज़ में कोई रूखापन या चिड़चिड़ाहट नहीं थी, सार्थक उसके पीछे-पीछे सीढ़ियों पर हो लिया।

***

सार्थक बेड के सामने पड़े सोफे पर बैठ गया। यही वो पल था जिसमें उसे अपने सबसे बड़े डर का सामना करना था। सना पहले तो सामने खड़ी कुछ सोचती रही, फिर अचानक सार्थक के सामने जमीन पर पैर मोड़ बैठ गई। उसने अपना सिर सार्थक की गोद में रखा और उसका हाथ उठाकर अपने सिर पर रख लिया।

सना के आँसू उसके दिल को चीर रहे थे, वो फूट-फूटकर रोने लगी, जैसे कोई अपना सब कुछ हार कर रोता है।

सार्थक कुछ समझ नहीं पाया, उसे लगा था सना उस पर गुस्सा होगी, चीखेगी-चिल्लाएगी, पर वो, वो तो ऐसा कुछ नहीं कर रही थी, उल्टे ऐसे रो रही थी जैसे उसने ही कोई गलती कर दी हो।

सना ने उसका हाथ अपने सिर पर कस लिया और रोते-रोते अपना मुँह ऊपर करके बोली,

"सच बताना सार्थक तुम्हें मेरी कसम है... मैं कहाँ चूक गई?"

सार्थक ने अपनी आँखें बंद कर लीं, उसके अंदर एक तूफान सा उठ गया। निकिता और सना के बीच की लड़ाई, जो उसके दिल में चल रही थी, उसे अंदर ही अंदर तोड़ने लगी। वो जानता था कि उसके पास इस सवाल का कोई सही जवाब नहीं है, या शायद वो जवाब देना नहीं चाहता था।

सना फिर बोली,

"बताओ ना सार्थक... क्या भूल हो गई मुझसे?"

सार्थक का दिल थोड़ा और बोझिल हो गया, जैसे कोई पत्थर उसके सीने पर रख दिया गया हो।

सना ने आगे बोलना शुरू किया,

"ऐसा क्या है निकिता में जो तुम्हें मुझसे दूर ले गया? मुझे बताओ सार्थक... मैं वैसी ही बन जाऊंगी? क्या मैं भी उसकी तरह कपड़े पहनने लगूं? क्या मैं भी वैसे ही छोटे बाल कटवा लूं? क्या मैं भी उसके अजीब लहजे से तुमसे बात करने लगूं? बताओ ना सार्थक... मैं दिन को रात बना सकती हूँ तुम्हारे लिए!"

सार्थक का मन जैसे एक पल के लिए सुन्न हो गया। सना का हर लफ्ज़, हर आँसू उसके मन में गहरा घाव कर रहा था। उसके लिए यह सब सुनना आसान नहीं था।

वो अपने हाथ से सना के आँसू पोंछने की कोशिश करने लगा, पर उसके हाथ थरथरा रहे थे। उसके मन की दुनिया चकनाचूर हो रही थी। सना के आँसू, उसके सवाल — सब कुछ इतना भारी था कि उसका साँस लेना भी मुश्किल हो रहा था।

वो बस इतना ही कह सका,

"सना... मैं नहीं जानता... मैं कुछ नहीं जानता"

उसने अपना हाथ सना के सिर से धीरे से हटा लिया और बिना कुछ कहे उठकर दरवाजे की तरफ बढ़ गया। हर कदम उसके दिल पर भारी पड़ रहा था, पर उसे पता था कि वो सना के सवालों का सामना नहीं कर सकता।

दरवाजे के पास पहुँचते ही उसने एक पल के लिए रुककर पीछे देखा। सना अभी भी ज़मीन पर बैठी थी, आँसू उसके

गालों से गिरते जा रहे थे। सार्थक का मन चाह रहा था कि वापस जाकर उसे गले लगा ले, पर उसका डर उसके प्यार पर भारी पड़ गया।

सार्थक ने दरवाजा खोला और बिना कुछ कहे बाहर चला गया, पीछे सिर्फ सना का टूटा दिल और अपने फैसलों का बोझ छोड़कर।

***

सार्थक सुबह उठा तो सामने घड़ी में एक बजा देखकर चौंका।

सिर में बोझ और बदन में एक अजीब सी थकान थी। एक पल में ही उसे समझ आ गया था कि रात को वो शराब के नशे में डूबा रहा है। उसके बगल में रम की बोतल पड़ी थी, एक गिलास आधा भरा हुआ टेबल पर रखा था, ज़मीन पर सिगरेट के बट और टेबल पर राख ही राख थी।

सार्थक ने अपने हाथ से अपनी आँखों को मलते हुए याद करना शुरू किया कि रात को क्या हुआ था। लेकिन जितना याद करने की कोशिश करता, उतना ही ज्यादा सब कुछ धुँधला लगने लगा।

एक याद जो बार-बार उसे सता रही थी - सना की दिल तोड़ देने वाली फरियाद और निकिता का आखिरी कॉल, ये सब उसके बर्दाश्त की हदों से बाहर जाने लगा।

उसने अपना फोन उठाया और सबसे पहले निकिता का नंबर मिलाया। फोन बजता रहा, लेकिन कोई जवाब नहीं आया।

जवाब में बस एक मैसेज आयाः "सार्थक... मुझसे ये नहीं हो पाएगा... मुझे माफ कर दे... मैं घर जा रही हूँ... जब तक ठीक नहीं लगेगा वहीं रहूँगी... तुम संध्या का ख्याल रखना"

ये पढ़ते ही सार्थक का मन और बोझिल हो गया। निकिता वापस अपने होमटाउन चली गई थी। वो उससे कुछ कह भी नहीं पाया, उसको समझा भी नहीं पाया कि कल सना के घर जो हुआ वो खुद भी वैसा नहीं चाहता था।

सार्थक ने एक आह भरी और अपने कमरे में इधर-उधर देखा, रात की अफरा-तफरी अभी भी कमरे में हवा बनके बह

रही थी। उसे याद आया कि रात को वो सना और निकिता के बारे में सोचता रहा। दोनों का दर्द वो अच्छे से महसूस कर सकता था, आखिरकार दोनों उसी की वजह से ही तो टूट गईं थीं।

सना को उसने चाह कर कोई धोखा नहीं दिया जब निकिता उसकी जिंदगी में आई, तब तक वो खुद ही इतना उलझ गया था कि कुछ ठीक से नहीं कर पाया।

निकिता की भी क्या गलती थी, वो जब सार्थक के पंखों से लिपटी, तब वो कहाँ जानती थी कि सना का वजूद सार्थक की जिंदगी में इतना गहरा समाया है। और सार्थक ने भी तो उसे इस बारे में कभी नहीं बताया।

फोन हाथ में लेकर, सार्थक ने सना का नंबर मिलाने की कोशिश की, पर उसका हाथ रुक गया। उसके दिल में एक अजीब सी घबराहट थी। वो सोचता रहा कि वो सना को अब क्या मुँह दिखाएगा। कल रात का सना का चेहरा उसकी आँखों के सामने अभी भी था।

उसने माँ को फोन करने की सोची,

"माँ सना का हाल पूछना... हमारी लड़ाई हुई थी कल... पर अब मुझे उसकी फिक्र हो रही है"

और फोन साइड में रख दिया।

इतने सालों से बटोरा सपना, जिसके लिए सार्थक ने कितना कुछ किया था, उसने सब लुटा दिया, बर्बाद कर दिया। सना का प्यार, निकिता का विश्वास और अपना खुद का चैन।

वो चुपचाप खड़ा सोच रहा था कि कैसे सब बिखर गया, क्यों वो उन दोनों को खुश नहीं रख पाया? क्या वो अब भी

हाथ बढ़ा कर उन्हें थाम सकता था? क्या अब भी वो पहले की तरह दौड़ उसके अंदर समा जाएँगी?

निकिता दूर चली गई थी, और सना, सना से तो आँख मिलाने का हौसला भी वो जुटा नहीं पा रहा था।

अब उसके सामने सिर्फ एक गहरी खाई थी, एक अंधेरी गुफा जिससे बाहर निकलने का शायद कोई रास्ता उसे सुझाई नहीं दे रहा था।

***

उधर माँ ने सना को कॉल कर दिया था। उन्हें हमेशा से ही सार्थक से ज्यादा भरोसा सना पर रहा, वो उसे ज़िम्मेदार और समझदार मानती थीं। फोन पर सना की हालत सुनकर, उनका दिल बैठ गया, उन्होंने तुरंत सना को अपने पास बुला लिया।

सना जब सार्थक के घर पहुंची तो माँ ने उसे देखते ही गले से लगा लिया,

"अरे मेरी बच्ची... मेरी गुड़िया... आ मेरे पास बैठ, इतना कुछ हो गया... तूने मुझे बताया क्यों नहीं?"

सना को माँ का प्यार महसूस होते ही उसका सारा दर्द उसकी आँखों से रिसने लगा। वो माँ के कंधे पर सिर रख कर ज़ार ज़ार रो पड़ी। माँ उसे समझाते हुए उसके आँसू पोंछ रहीं थीं,

"सब ठीक हो जाएगा बेटा... मैं हूँ ना... अब सब कुछ ठीक हो जाएगा"

थोड़ी देर बाद जब सना थोड़ी शांत हुई, माँ ने सार्थक को बुलाया। सार्थक चुपचाप अंदर आया, पर जैसे ही उसने अंदर कदम रखा उसके पाँव जैसे वहीं जम गए।

116

अंदर सोफे पर माँ सना का हाथ अपने हाथ में लिए बैठी थीं, जैसे वो अपनी बातों से उसके दर्द को मिटा रही हों। सार्थक ने कभी नहीं सोचा था कि उसे माँ के सामने सना का सामना भी करना पड़ेगा।

सना का वहाँ होना सार्थक पर बहुत भारी पड़ा, अपने किए का एहसास, पछतावा, दर्द, सब उस पर एक साथ टूट पड़े। वो ना जाने क्यों उस दिन को याद करने लगा जब सना पहली बार उसकी माँ से मिलने उसके घर आई थी। पर कई साल पहले की वो सना और आज की सना में एक बड़ा फर्क था, उस दिन सना की बड़ी-बड़ी आँखों में अपनी नई ज़िन्दगी के सपने थे और आज सिर्फ़ सार्थक के लिए एक सवाल।

वो आहिस्ता से उसकी तरफ़ देखती, तो उसकी आँखें बिना कुछ कहे सार्थक से जैसे एक ही चीज़ पूछतीं - "क्यों?"

सना ने हमेशा उसके दर्द को समझा, उसके लिए अपने आप को कुर्बान कर दिया, लेकिन उसने क्या किया? उसने उसे धोखा दिया, उसका विश्वास तोड़ा। और अब, जब वो उसके सामने बैठी थी, तो वो अपने आप को बिल्कुल भी संभाल नहीं पा रहा था।

तभी माँ की आवाज़ ने उन दोनों का ध्यान अपनी ओर खींचा, माँ ने डांटने के लहजे में सार्थक से कहा,

"शर्म तो नहीं आई होगी ना इस बच्ची का दिल तोड़ के? बाहर मुँह काला कराने का बड़ा शौक हो गया है तो मेरे घर से निकल जा और जहाँ मर्ज़ी जाकर सिर मार... आज के बाद अगर इस बच्ची को तंग किया तो मुझसे बुरा कोई ना होगा... समझ गया ना तू?"

सार्थक बस चुप था। माँ की बातें उसके मन के एक-एक कोने को चीर रही थीं। लेकिन उसका पछतावा और गहरा तब हो गया जब माँ ने कहा,

"निकिता का एपिसोड खत्म कर... बस अब ये सब और नहीं... हो गया ना उसको वीडियो डिलीट... अरे वो लड़की बिलकुल ही शर्म बेच के खा गई क्या? जिसने उसकी इतनी बड़ी मदद करी उसका ही घर उजाड़ने को फिरती है... लानत है... तुझ पर भी और तेरी उस दोस्त पर भी।"

सार्थक ने अपनी आँखें नीचे कर लीं और हल्की सी आवाज़ में बोला, "माँ... निकिता को अभी भी मेरी ज़रूरत है... उसका दर्द अभी ख़त्म नहीं हुआ है"

ये सुनते ही माँ ने ज़ोर का एक थप्पड़ उसके गाल पर जड़ दिया। एक पल के लिए सार्थक को लगा जैसे सब कुछ ठहर गया हो। थप्पड़ की आवाज़ सिर्फ उसके कानों में नहीं, उसके अंदर तक गूंज गई।

माँ ने सना को अपने से लिपटा लिया, जैसे एक माँ अपनी बेटी को गले लगाती है जब वो दर्द में हो,

"काश तू मेरी बेटी होती... क्या गलती की है रे इसने जो तू इसके साथ ऐसा कर रहा है?"

माँ ने सना को अपने से लिपटाए सार्थक की ओर देख कर कहा।

सार्थक का सिर शर्म से झुक गया। माँ की बातों से उसका दिल डूबता जा रहा था।

माँ अब थोड़ी शांत हो गईं, और बोलीं,

"तुम दोनों ही मेरे बच्चे हो... पिछले दस सालों में कितनी बार लड़े और मेरे पास आए... पर तब तुम्हारी लड़ाई

छोटी-छोटी बातों पर होती थी... तुम तब भी मेरी बात मानते थे... आज भले ही बात किसी और लड़की की है... सार्थक के धोखा देने की है... लेकिन मैं चाहती हूँ कि तुम आज भी मेरी बात मानो... सुनो, तुम दोनों कहीं घूम आओ... हफ्ता दो हफ्ता बिता आओ साथ में... सब भूल जाओगे... इसका भी नशा उतर जाएगा और तू भी खुश हो जाएगी... मैं पीछे से तुम्हारी शादी की बात फिर से चलाती हूँ... इस बार शादी करके ही मानना चाहे घर से भाग ही क्यों ना जाना पड़े... तुम्हारी ये माँ तुम्हारा पूरा साथ देगी...”

सार्थक की आँखों से आँसू बहने लगे, वो बिलकुल थक गया था अपने आप से लड़ते-लड़ते। उसने माँ और सना दोनों के सामने ही रोना शुरू कर दिया।

माँ ने एक ठंडी सी आह भरी, और सार्थक के सर पर हाथ फेरते हुए कहा,

“सना के अलावा कुछ ज़रूरी नहीं होना चाहिए तेरे लिए... इस दुनिया में अगर तुझे कुछ प्यारा हो तो सिर्फ़ सना... और कोई नहीं... तेरी माँ भी नहीं”

इसके बाद, माँ किसी काम से बाज़ार जाने का बहाना कर उन दोनों को घर में अकेला छोड़ बाहर निकल गईं।

सार्थक अब तक अपने आँसू पोंछ नहीं पाया था, सना अब उसे प्यार से देख रही थी।

सार्थक ने सना से कहा,

“सना... मैंने जो किया कुछ सोच समझ के नहीं किया... ना जाने क्यों... निकिता एक अंजानी प्यास की तरह मुझे अपनी ओर खींच ले गई... ना जाने कैसे उसका वो वीडियो मेरी आँखों के आगे आ गया... मुझे जब कुछ समझ नहीं

आया तो मैंने जाकर उसे सब कुछ कह दिया... दिखा दिया... जिससे वो डर गई और मेरे अंदर ही पनाह ढूंढने लगी... मैं उस बुरे हालात में उसे रोता हुआ कैसे छोड़ देता...

और मैंने तुम्हें कभी धोखा देना नहीं चाहा... ना ही मुझे लगता है कि मैं निकिता से प्यार करता हूँ... हाँ उसका साथ मुझे बहुत सुहाता है... मैं ना चाह कर भी उसकी ओर खिंचा चला जाता हूँ... पर मैंने अपने रिश्ते को भी संभाला है... मैं अब भी तुमसे ही प्यार करता हूँ... और आगे भी करता रहूँगा... मुझे थोड़ा वक्त चाहिए बस और कुछ नहीं।"

सना ने उसे अपने पास खींच लिया, और उसे अपनी बाहों में भर, उसके आँसू पोंछ दिए,

"सार्थक... बस... सब ठीक हो जाएगा... हम सब ठीक कर लेंगे... तुम्हारा प्यार अब भी मेरे लिए बहुत है... मुझे कुछ और नहीं चाहिए"

सना जान गई कि उसके रिश्ते में निकिता नाम की एक दरार पड़ चुकी थी, पर शायद अब भी उसके पास अपना रिश्ता बचाने का मौका था और वो ये मौका किसी भी कीमत पर गंवाना नहीं चाहती थी।

***

सना ने गाड़ी चलाते हुए अपने दिल और दिमाग में सब कुछ वापस से टटोला। आज वो सार्थक के घर से अपने मन में एक अजीब सी शांति लेकर निकली। सार्थक ने खुले शब्दों में भले ही कुछ नहीं कहा, पर उसके चेहरे पे जो थोड़ा सा पछतावा था, उसने सना को एक नई उम्मीद दी।

और अब माँ का प्यार भी सना के पास था। माँ अब भी उनकी शादी की बात करती थीं, जैसे ये उनका भी सपना था

जो अभी तक पूरा ना हुआ हो। दस सालों के रिश्ते के बाद, जो चीज़ सब भूल चुके थे, माँ ने अब तक उसे अपने दिल में संजो कर रखा था।

लेकिन एक चीज़ सना को अंदर ही अंदर चुभने लगी। पहले के दिनों में, सार्थक सना के साथ कहीं बाहर जाने के खयाल भर से ही उछल पड़ता था, और आज, जब माँ ने बाहर जाने का ज़िक्र किया, सार्थक ने कोई रिएक्शन ही नहीं दिया जैसे उसने इस बात को सुना ही ना हो, जैसे उसे इस बात से कोई मतलब ही ना हो।

सना को याद आया वो दिन जब वो सार्थक को पहली बार बाहर ले गई थी। सना ने अपनी यादों में डुबकी लगाई और अपनी सबसे खूबसूरत याद को फिर से जीने लगी — उनका फार्महाउस ट्रिप।

बारहवीं क्लास के बाद, जब सार्थक इंजीनियरिंग के लिए बाहर जाने वाला था, सना ने उसे सरप्राइज करने का सोचा। उसका अपना फार्महाउस, कितनी खूबसूरत जगह थी वो, जैसे उन दोनों के लिए एक छिपी हुई दुनिया। हरे-भरे लॉन, एक बड़ा झूला, और सबसे खास वो कमरा जिसमें छत और दीवारें भी शीशे की थीं। जब बारिश होती, तो लगता जैसे आसमान से प्यार की बूंदें उन दोनों पर बरस रही हों।

उस दिन खासकर सना ने सोचा था कि वो सार्थक को स्पेशल फील करवाएगी। उसे अपने हाथ से खाना बनाकर खिलाएगी, दो दिन तक उसका सारा काम अपने हाथ से कर उसे स्पॉइल करेगी, लेकिन, हुआ उसका बिल्कुल उलट।

जैसे ही वो वहाँ पहुँचे, सार्थक ने स्टाफ को बोल दिया,

"अब तुम लोगों की ज़रूरत नहीं है... दो दिन के लिए तुम सब छुट्टी पर जाओ",

फार्महाउस के बाहर के गेट्स बंद करवा दिए, अपने और सना के लिए एक नई दुनिया बना ली, जिसमें सिर्फ वो दोनों और उनका प्यार था।

सार्थक ने अगले दो दिन सना को कुछ नहीं करने दिया और सारे काम खुद से किए।

सना को अब भी याद था कि सार्थक ने कैसे उसे अपने पास खींचकर पहली ड्रिंक दी थी। शीशे की छत पर बारिश की बूंदों का शोर सुनाई देने लगा था। सार्थक ने हल्की मुस्कान के साथ कहा,

"तुम्हें पता है... जब मैं चला जाऊंगा... तुम्हें मेरा इंतजार कैसे करना है? रात को जब मेरी याद सताने लगे तब अपनी आँखें बंद करके सिर्फ हवाओं को महसूस करना..."

सना हंस पड़ी और बात काटते हुए बोली,

"और फिर वो हवाएं मुझे तुमसा सताएंगी?"

ये कहकर वो बाहर गार्डन की ओर भागने लगी,

सार्थक ने उसका हाथ पकड़ उसे बाहों में खींच लिया और कहा,

"बारिश नहीं, ये खुदा का प्यार है जो हम पर बरस रहा है... काश हम आज की रात में ही ठहर जाएं... काश दुनिया यहीं रुक जाए... मुझे इसके आगे जीना ही नहीं है!"

सना ने उसके होंठों पर अपने होंठ रख दिए और वो एक दूसरे में घुलने लगे।

कुछ देर बाद सना उठी और अपने कपड़े बटोरने लगी, रात गहरी हो गई थी और बारिश और तेज़। उसका मन सार्थक के साथ बाहर झूले पर बैठने को हुआ, सार्थक ने उठकर ग्लास में थोड़ी स्कॉच डाली और उसके साथ बाहर चला गया।

हल्के-हल्के आगे पीछे होते हुए झूले से चांद पास आता और दूर जाता दिखाई देता, सना ने सार्थक को चांद की तरफ इशारा कर कहा,

"देखो चांद कैसे दूर जा रहा है... तुम भी कल मुझसे यूँ ही दूर चले जाओगे... और मैं अकेली इस झूले की तरह अकेलेपन की धूप में जलूंगी..."

उसकी आँखों में कुछ पल पहले वाली शरारत की जगह अब एक मायूसी थी, जो सार्थक को चुभ गई। सार्थक ने उसे अपनी गोद में समेट लिया और उसके कान में धीरे से बोला,

"ध्यान से देखो सना... चांद दूर जाता है और फिर अगले ही पल पास आ जाता है... मेरे इंजीनियरिंग के ये चार साल कुछ यूं ही कटने वाले हैं!"

सना ने पलट कर अपने बाहों को सार्थक की गर्दन के इर्द-गिर्द कस लिया और गोद में चढ़ गई, उसने सार्थक का चेहरा अपनी हथेलियों में भर लिया और उसका माथा चूम कर बोली,

"मुझसे एक वादा करो... जब भी मेरा मन होगा... तुम मुझसे मिलने आओगे... बिना कोई बहाना किए"

सार्थक ने बिना कुछ कहे अपना सिर हां में हिला दिया,

सना ने सार्थक को पीछे की तरफ धकेला और उसकी गर्दन चूमने लगी। बारिश उनके आस पास मोतियों की तरह बरसती रही और वो रात को अपने प्यार के रंगों में रंगते चले गए।

ये सब आज सना के लिए एक सपने की तरह था, सना ये सब याद करके मुस्कुरा दी। शायद अब भी वक्त था सब कुछ ठीक करने का, शायद वो अब भी अपना प्यार जीत सकती थी,

"मैं अभी हारी नहीं हूं,"

उसने अपने आप से कहा,

"सार्थक को वापस लाऊंगी... जैसा वो पहले था... वैसे ही।"

ख्वाब

सूरज धीरे-धीरे ढलने लगा था, और सड़क किनारे लगी स्ट्रीट लाइट्स एक-एक कर जल उठीं। हल्की-हल्की रोशनी के ये टुकड़े सना और सार्थक के चेहरे पर पड़ रहे थे, एक झलक में बीते कल की छाया और दूसरी में मौजूदा उलझन दिखती थी।

सना ने धीरे से सार्थक की ओर देखा, जैसे उसकी शांत आंखों में कहीं खुद को फिर से ढूंढना चाह रही हो। पर उसे बस एक उलझन भरी बेचैनी दिखाई दी, जैसे सार्थक धुंध के बीच रास्ता तलाशने की कोशिश कर रहा हो।

"तुम्हें याद है...",

सना ने हल्की सी आवाज़ में चुप्पी को तोड़ते हुए कहा,

"जब हम पहली बार कॉफ़ी पर गए थे?"

सार्थक उसकी ओर मुड़ा, उसके चेहरे पर एक हल्की सी मुस्कान थी, एक ऐसी मुस्कान जिसमें बीते दिनों की गहरी छाप थी।

उसे वो दिन बखूबी याद था, जब सना की मौजूदगी किसी लंबी सर्दी के बाद आई धूप जैसी मालूम होती थी। उनकी बातचीत, वो छोटी-छोटी बातों पर हँसना, जैसे उन दोनों के बीच एक ऐसी डोर बुन रही थीं जो कभी टूटने वाली नहीं थी।

"तुम तो बस बोलते ही रहते थे,"

सना ने हंसते हुए कहा,

"और मुझे ऐसी छोटी-छोटी बातों पर हंसा देते थे... जो शायद किसी और के लिए मायने भी ना रखतीं"

सार्थक ने हल्के से सिर हिलाया, लेकिन उसके चेहरे पर एक थकी हुई मुस्कान थी, जैसे किसी बोझ के तले दबी हुई हो। उसने कुछ कहने के लिए मुंह खोला, लेकिन लफ्ज़ कहीं बीच में ही फंस गए, पुराने पछतावों और नए सवालों के बीच कहीं खो से गए।

***

अगले कुछ हफ्तों में, सना ने आहिस्ता-आहिस्ता अपने पुराने रिश्ते की डोर को फिर से जोड़ने की कोशिश शुरू की। वो लफ्ज़ों को बहुत सोच-समझकर चुनती, जैसे कि उम्मीद और हकीकत के बीच एक नाज़ुक तालमेल बिठाती हो। दोनों ने कई बार खामोशी से डिनर किया, शाम की ठंडी हवाओं में पार्क में साथ-साथ चलते रहे, और हल्की-हल्की मुस्कानें बांटी। मानो यह देखने की कोशिश कर रहे हों कि कहीं कोई दरार तो नहीं है।

एक शाम, जब दोनों पार्क में टहल रहे थे, सना अचानक रुक गई और उसने सार्थक की ओर देखा, उसकी आवाज़ धीमी थी,

"क्या तुम्हें लगता है... सब पहले जैसा हो सकता है?"

यह सवाल उनके बीच एक भारी सन्नाटा छोड़ जाता, पर सार्थक इस बात की गहराई को समझ गया और उसने हाँ में सिर हिला सना को गले से लगा लिया।

रात के सन्नाटे में, जब बाहर की दुनिया खामोश पड़ी होती, सार्थक अपने फोन की तरफ़ हाथ बढ़ाता। उसकी उंगलियां निकिता के नंबर पर रुक जातीं। उसे पता था कि निकिता फोन नहीं उठाएगी, कई दिनों से उसने सार्थक की कोई भी कॉल रिसीव नहीं की थी। फिर भी, हर रात, ना जाने किस बेचैनी में, वो उसका नंबर डायल कर देता, मानो किसी बीते एहसास की गूंज को पकड़ने की कोशिश कर रहा हो, जो अब कहीं खो चुकी थी।

वो फोन को तब तक बजने देता, जब तक कि दूसरी तरफ की खामोशी उसका दम ना घोटने लगती। उन पलों के खालीपन में एक ऐसा एहसास था, जो उससे छुड़ाए नहीं छूट रहा था, जैसे वो किसी अंजानी खाई के किनारे खड़ा हो, जिसकी गहराई उसे समझ नहीं आ रही थी।

हर कॉल के साथ, उनके बीच का फासला और गहरा होता जा रहा था। निकिता की गैर-मौजूदगी ही उसे नहीं सताती थी, बल्कि इस बात का एहसास ज़्यादा परेशान करता था कि वो किसी ऐसी चीज़ को छोड़ नहीं पा रहा था, जिसे वो खुद भी शायद पूरी तरह नहीं चाहता था।

सना का प्यार नर्म और सब्र से भरा था, एक ऐसा एहसास जो कुछ मांगता नहीं था, बस इंतज़ार करता था। उसने सार्थक तक पहुँचने के छोटे-छोटे तरीके ढूंढने की कोशिश की —कभी उसके बैग में एक छोटा सा नोट छोड़ देती, जिस पर बस लिखा होता, "आज तुम्हारी कमी महसूस हो रही है," या फिर उन दिनों जब सार्थक देर से घर आता, तो उसके घर पहुंच उसकी पसंदीदा डिश बना देती। लेकिन सार्थक के जवाब हमेशा अनमने से आते, जैसे पानी में परछाई — साफ़ लेकिन हाथ ना आने वाले।

अपने खामोश लम्हों में, सना उसे दूर से देखती, सोचती कि उसकी सोचों में वो कहां खो जाता है, और क्या कभी वापस उसके पास लौट पाएगा। उसने कभी ज़बरदस्ती नहीं की, ना ही ऐसे सवाल किए जो उसे सच बोलने पर मजबूर कर दें। वो बस उन छोटी-छोटी उम्मीदों के टुकड़ों को थामे रहती, जो कभी-कभी सार्थक के चेहरे से रिस जाते। सना ये समझ गई थी कि सार्थक को इस भंवर से बाहर खींचने के लिए उसे अपना हाथ बढ़ाना ही पड़ेगा।

***

एक रात, जब वो दोनों सना के कमरे की बालकनी में बैठे, दूरबीन से प्लैनेट्स को समझने की कोशिश कर रहे थे, तभी सना ने अपनी नजर आसमान से हटाकर सार्थक की तरफ कर ली। उसकी आंखों में एक बेचैनी थी, जैसे वो कुछ कहना चाहती हो, लेकिन लफ़्ज़ों का वजन उसके दिल पर भारी पड़ रहा हो।

सार्थक ने जब उसकी तरफ देखा, तो सना ने अपनी सांस को थोड़ा संभाल कर, धीरे से उसके कानों में अपने जज़्बातों को फूंक दिया, वो उसे उसके पछतावे से आज़ाद करना चाहती थी,

"सार्थक तुमने कोई गलती नहीं की... तुम गलती कर ही नहीं सकते... तुम्हारी हर ख़ता, हर भूल मेरी नजर में उस दुआ की तरह है जो मैंने हमेशा से तुम्हारे लिए मांग रखी है... तुमने चाहे जितनी राहें चुनी हों उन सब राहों का अंजाम मेरे पास ही होता है..."

उसने एक गहरी सांस ली, जैसे अपने दिल का बोझ हल्का करने की कोशिश कर रही हो,

"मुझे बस एक बात बता दो सार्थक,"

उसकी आवाज़ एक हल्की सी कंपकंपी से भर गई,

"बिना किसी पछतावे के... बिना पीछे मुड़के देखे... क्या तुम मुझे वोही पुराना सार्थक लौटा सकते हो? वो सार्थक जो सपने देखता था... छोटी-छोटी बातों पे खुश हो जाता था... जो मेरी ज़िंदगी की हर कमी को अपनी हंसी से भर देता था!"

सार्थक ने उसके लफ़्ज़ों में छुपी उम्मीद और दर्द को महसूस किया, जैसे उसकी रूह उससे कुछ मांग रही हो, एक फ़ैसला, एक वादा। सना के लफ़्ज़ों में एक मासूमियत थी, पर उनका बोझ सार्थक के दिल पे ठहरा हुआ था। सना ने अपनी नज़र आसमान की तरफ कर ली, जैसे जवाब वो वहां ढूंढ रही हो।

सार्थक ने अपनी पूरी हिम्मत जुटा जवाब दिया तो बस इतना,

"मैं कोशिश कर रहा हूँ सना... पूरे दिल से"

सना के लिए इतना ही बहुत था, उसने उसी पल उसे आगोश में भर लिया और चूमने लगी।

धूप

दिन-ब-दिन, सना और सार्थक के बीच का फासला कम हो रहा था। वो पुरानी यादों और नयी उम्मीदों के सहारे एक-दूसरे के करीब लौट रहे थे। हल्की मुस्कानों और गहरी बातों के बीच जैसे वो अपनी पुरानी जिंदगी ढूंढ रहे थे। उनकी मुलाकातों में अब सिर्फ लफ्ज़ ही नहीं, बल्कि एक बेबाकी भी थी, जो धीरे-धीरे उनके बीच की जमी हुई दूरी को पिघलाने लगी। वो फिर से एक-दूसरे की बाहों में बसा सुकून तलाशने लगे, जैसे उन खामोश लम्हों में पुरानी चाहतें फिर से अपनी जगह बना रही थीं। ऐसा लगने लगा था कि दोनों फिर से उस पुराने, मज़बूत रिश्ते की ओर लौट गए हैं।

एक दिन, सना ने अपनी माँ को पापा से बात करते सुना,

"बहुत हो गई नाराज़गी और नासमझी... अपनी बच्ची का हाल देखो और वो करो जो उसे खुशी दे... तुमने बचपन से उसकी हर ज़िद मानी है तो अब क्यों बेकार में अड़े हुए हो?"

माँ का लहजा कड़क था जैसे वो फैसला सुना रही हों।

ये बात सुन सना के दिल में एक नयी उम्मीद ने जगह बना ली, जैसे एक पुराने ख्वाब ने फिर से दस्तक दी हो।

लेकिन उस उम्मीद की झलक में एक हल्की सी बेचैनी भी थी, क्योंकि कुछ ही दिनों में उसकी माँ को सर्जरी के लिए इटली जाना था। माँ को तीन महीने तक वहां रहना था, और सना ने फैसला किया कि वो उनके साथ जाएगी, हर कदम पर उनका साथ देगी। इस बात ने सार्थक के दिल में एक खालीपन भर दिया, वो नहीं चाहता था कि उनके रिश्ते के इस नाज़ुक मोड़ पर सना उसे छोड़ कर कहीं भी जाए।

***

कुछ दिन बाद...

सार्थक, सना और उसकी माँ को एयरपोर्ट छोड़ने गया। जब उन्होंने एक-दूसरे को गले लगाकर अलविदा कहा, तो उस पल की खामोशी में हज़ारों बातें छुपी हुई थीं।

सार्थक ने भारी दिल से कहा,

"तुम आंटी और अपना ख्याल रखना... और मेरी चिंता ना करना..."

सना ने सार्थक का हाथ थाम लिया, उसके चेहरे पर एक हौसला था, लेकिन उसकी आँखों में नमी की परत भी थी,

"तुम मेरा इंतजार करोगे ना?"

सार्थक ने हल्के से मुस्कुराते हुए जवाब दिया,

"नहीं"

और सना को गले से लगा लिया।

सना की उंगलियाँ सार्थक की हथेलियों में थमी हुई थीं, उसने धीमे से कहा,

"जब मैं लौटूँगी... तब हर लम्हे में हम फिर से अपनी कहानी लिखेंगे"

132

धीरे-धीरे उसने अपना हाथ छुड़ा लिया, और उस दरवाज़े की ओर बढ़ने लगी जो उन्हें अलग करने वाला था।

सना ने मुड़कर एक आखिरी बार उसे देखा, उसकी आँखों में एक नमी के साथ वो हौसला था जो उनके रिश्ते की गहराई को बयां कर रहा था।

दोनों के दिलों में एक अजीब सी खामोशी थी, जैसे अल्फाज़ बेमानी हो चुके हों, पर उनकी हर साँस एक दूजे से कुछ कह रही थी।

धीरे-धीरे वो एयरपोर्ट के दरवाजे में गुम हो गई, सार्थक के दिल में बस एक इंतजार छोड़।

***

सना के यूरोप जाने के बाद, सार्थक को सुबह से शाम करना मुश्किल होने लगा। उसने अपने काम में मन लगाने की बहुत कोशिश की, पर सना के खयाल बार-बार उसके दिल को घेर लेते, जैसे वो अब भी पास हो। उसे एहसास होने लगा कि उसकी गलतियों ने ही सना को दुख दिया। वो हमेशा उसके साथ खड़ी रही, हर मुश्किल में उसका साथ देती रही, और उसने उसे ही तकलीफ दी।

इन्ही उलझनों में डूबा सार्थक अचानक फोन की घंटी पर चौंका, उसके ऑफिस के समय में उसकी माँ के फोन कम ही आते थे।

उसने फोन उठाया, माँ घबराई हुई थी,

"सार्थक, जल्दी आओ! तुम्हारे पापा की तबीयत अचानक बिगड़ गई है... वो ठीक से बोल नहीं पा रहे... और बहुत पसीना आ रहा है"

सार्थक का दिल जोर से धड़कने लगा। उसने खुद को संभाला और तुरंत अपने दोस्त विनय को कॉल किया,

"भैया... पापा की तबीयत ठीक नहीं लग रही... जल्दी घर पहुँचो और उन्हें और माँ को लेकर पास के हॉस्पिटल में चले जाओ... मैं भी ऑफिस से निकल रहा हूँ पर नोएडा से वहाँ पहुँचने में डेढ़ घंटा तो मान ही लो... माँ का खयाल रखना... कुछ भी बात हो तो मुझे तुरंत बताना"

विनय ने भरोसा दिलाया कि एम्बुलेंस और वो जल्द ही घर पहुँच जाएंगे और सार्थक के आने तक पापा ठीक हो चुके होंगे।

सार्थक ने ऑफिस से बाहर निकलते हुए माँ को समझाया,

"माँ... घबराना मत... मैं भी पहुँच रहा हूँ"

दिल्ली की भीड़ को देखते हुए उसने मेट्रो से जाने का फैसला किया, यही सबसे तेज़ रास्ता भी था।

मेट्रो के सफर में उसके मन ने फिर उसे जकड़ लिया, पापा को लेकर तरह-तरह के खयाल उसके मन को भरने लगे।

उसने खुद को समझाया,

"शायद ये बस शुगर ऊपर नीचे होने भर की बात है... पापा ठीक हो जाएंगे... आज रात तक तो घर लौट आएंगे!"

हर मेट्रो स्टेशन के साथ उसकी बेचैनी और बढ़ती जा रही थी। उसे लग रहा था कि अगर उसने और वक्त लगाया, तो जैसे कुछ गड़बड़ हो जाएगी। बाहर की हलचल और मेट्रो की आवाज़ें जैसे सब थम गई थीं, बस उसके दिल में एक ही बात गूंज रही थी,

"पापा ठीक होंगे, वो आज रात ही घर पर होंगे"

***

मेट्रो से उतर वो सीधा हॉस्पिटल की तरफ भागा, हॉस्पिटल मेट्रो स्टेशन के पास तो था पर इतना भी नहीं कि कोई भाग के वहाँ पहुँचे। बुरी तरह हाँफता हुआ वो हॉस्पिटल पहुँचा, उसने देखा कि पापा को आईसीयू में रखा गया है। उसने डॉक्टर से बात की तो सब ठीक ही लगा, डॉक्टर उसे पापा के सुबह तक ठीक हो जाने का दिलासा दिला रहे थे।

उसने हालात का जायजा ले, मम्मी और विनय को घर भेज देना सही समझा और पापा के पास आईसीयू के बाहर बैठ गया।

***

2 घंटे बाद...

सार्थक घबराया हुआ, थोड़ी दूर के बड़े हॉस्पिटल की एम्बुलेंस के ड्राइवर से फोन पर बात कर रहा था। उसकी आवाज़ में एक अजीब सा डर छलक रहा था, वो एम्बुलेंस ड्राइवर को जल्दी से जल्दी वहाँ पहुँचने के लिए कह रहा था।

उसने विनय को भी फोन कर बुला लिया, विनय अपनी बाइक से पाँच मिनट में ही पहुँच गया, उसके आते-आते एम्बुलेंस भी आ चुकी थी। वो और सार्थक पापा को एम्बुलेंस में ले बड़े हॉस्पिटल की तरफ चल दिए।

सार्थक का चेहरा सफेद पड़ गया, उसके चेहरे पर डर की दरारें साफ़ दिख रही थीं, शायद पापा के ठीक हो जाने का जो भरोसा वो ऑफिस से लेकर चला था, अब टूट चुका था। जैसे उसे पहले से ही पता था कि आगे क्या होने वाला है।

एम्बुलेंस इमरजेंसी के गेट पर लगी, विनय और सार्थक ने स्टाफ की मदद से पापा को इमरजेंसी बेड पर पहुँचाया। सर्दी के दिनों में भी सार्थक का पूरा बदन पसीने से भीगा था। उसको देख कर ऐसा लग रहा था जैसे उसे कुछ भी ठीक होने की उम्मीद ना बची हो।

डॉक्टर ने कहा कि पापा को शायद वहाँ पहुँचते में कार्डियक अरेस्ट आया है और उन्हें सीपीआर के लिए ले गए।

सना,

जब पापा बीमार हुए थे ना आख़िरी दिन तो उन्हें विनु भैया, मम्मी और नरेश पास के अस्पताल में ले गए थे... मैं मेट्रो में था... ज़्यादा सीरियसली लिया नहीं था मैंने... पापा से फोन पे बात हो गई थी वो ठीक थे... ऐसा लगा ही नहीं था कि वो चले जाएंगे... दस बजे जब मैं पहुँचा तो डॉक्टर उनके सुबह तक ठीक हो जाने की बातें कर रहे थे पर मुझे आईसीयू में जाने नहीं दिया...

डॉक्टर्स ने कहा कि वो ठीक हैं आप लोग घर जा सकते हैं... मैंने मम्मी को बहुत बहस कर घर भेज दिया... विनु भैया को भी फिर जाने कह दिया... उसके बाद मैं उनके पास गया था... उन्होंने मुझे कहा कि उनका आख़िरी वक़्त आ गया है... वो मुझसे बहुत प्यार करते थे... वो मेरी स्ट्रेंथ थे... उनकी मुँह से ऐसी बात सुन मैं टूट गया... इस बुरी तरह टूटा कि वहीं खड़ा-खड़ा गिर गया... तब भी उन्होंने बेड से उठ मुझे संभाला था... और कहा था तू डर मत मैं तेरे साथ हमेशा रहूँगा... ये बात मैंने कभी किसी को नहीं बताई सिर्फ़ मुझे और उन्हें पता है...

अब सोचता हूँ... काश उस वक़्त मैं ख़ुद को थोड़ा और मज़बूत कर पाता... काश उनके पास बैठकर उनके दिल की कुछ और बातें सुन पाता...

हर रोज़ उनकी यादें जैसे मेरी आँखों में उतर आती हैं और लगता है काश एक बार और उनका साथ मिल जाए...

तुम्हारा सारा प्यार समेटे

सार्थक

डॉक्टर ने करीब आधे घंटे बाद सार्थक को आकर बताया,

"हमने पूरी कोशिश की लेकिन... आपके पापा अब हमारे बीच नहीं रहे"

डॉक्टर के लफ़्ज़ों ने जैसे उस पर एक ठंडी चादर डाल दी, एक ऐसी चादर जो उसे दुनिया से हमेशा के लिए अलग कर गई।

सार्थक के चेहरे के रंग उड़ गए, उसे ऐसा लगा जैसे दुनिया एकाएक खामोश हो गई, हर आवाज़ कहीं खो सी गई हो। उसके पैरों में जैसे जान ही नहीं बची, कुछ देर तक वो वहीं अस्पताल की दीवार के सहारे खुद को संभालने की कोशिश करता रहा, जैसे अपनी तकलीफों को अंदर ही अंदर समेट लेना चाहता हो।

एक खामोश ग़म ने उसे जकड़ लिया था। वो जानता था कि पापा उसके लिए हमेशा से एक ताकत थे, एक हिम्मत थे, या यूँ कहो वो उसके लिए सब कुछ थे, जो आज उससे हमेशा के लिए छिन गए थे।

उसकी आँखों से आँसू बह निकले। विनय ने उसे गले से लगा लिया और समझाते हुए बोला,

"सार्थक अभी यहाँ अकेले में जितना रोना है रो ले... और फिर आँसू पोंछ के अपनी माँ का सहारा बन... इस समय तुझे अपना दर्द भुला कर उनका ध्यान रखना है!"

उसने अपना सारा दर्द जैसे अपने मन के अनछुए कोनों में छुपा लिया। उसके आँसू सूख गए, वो अपने मन में अपने पापा की याद लिए अस्पताल के बाहर निकल आया।

***

अस्पताल से बाहर निकलते-निकलते एक ठंडा सन्नाटा उसके दिल में उतर गया था। वो जैसे किसी मशीन की तरह, बिना किसी एहसास के आगे बढ़ता रहा। बाहर निकलते ही उसने अपनी माँ को कॉल मिलाई। माँ ने फोन उठाते ही घबराई हुई आवाज़ में पूछा,

"कैसे हैं तुम्हारे पापा?"

सार्थक ने एक पल की खामोशी के बाद धीरे से कहा,

"माँ... पापा अब नहीं रहे!"

उसकी आवाज़ में कोई एहसास नहीं थे, जैसे वो खुद अभी इस बात को समझने की कोशिश में हो।

माँ का रोना सुनकर उसकी बहनें उनके पास आ गईं और रोने लगीं, लेकिन सार्थक जैसे पत्थर बना रहा। उसने एक गहरी साँस ली और फोन रख दिया।

कुछ देर बाद, घर पर सभी को खबर करने का सिलसिला शुरू हुआ। रिश्तेदारों को फोन करना, अंतिम संस्कार की तैयारियाँ करना, और बाकी रस्में निभाने का काम उसने बिना किसी जज़्बात के करना शुरू कर दिया। उसे पता नहीं था कि जो दर्द उसने अपने मन के अंदर छुपा लिया है वो उसको अंदर ही अंदर तबाह कर देगा। हर काम को वो जैसे एक रस्म की तरह निभा रहा था, जैसे उसके अंदर कुछ महसूस करने की ताकत ही नहीं बची हो।

अगले दिन जब वो पंडितजी के साथ अपने पापा का दाह संस्कार कर रहा था, तो उसकी आँखें बस सामने जलती चिता पर टिकी थीं, पर मन में एक सिफर था। चिता की लपटें आसमान की ओर उठ रही थीं, लोगों की आँखों में आँसू थे, लेकिन सार्थक का चेहरा बिलकुल खाली था। वो हर मंत्र,

हर रस्म को बिना किसी जज़्बात के बस निभाता जा रहा था, जैसे वो किसी और की जिंदगी का हिस्सा हो।

अंतिम संस्कार की रस्म पूरी होते ही लोग उसे ढांढस बंधाने लगे, लेकिन सार्थक को मानो कुछ भी महसूस नहीं हो रहा था। जैसे उसके अंदर का सारा दर्द जम गया हो। वो अपने पापा की चिता के पास यूँ ही खड़ा रहा, नज़रें ज़मीन पर टिकाए। जैसे सारी दुनिया खामोश हो गई हो, वो अपने अंदर की उस अजीब सी ठंड में धीरे-धीरे पूरी तरह डूबता चला गया।

***

कुछ हफ्तों बाद...

धूप ढल चुकी थी, सार्थक के घर के अंदर एक अजीब सा अंधेरा बस गया था। हर चीज़ बेजान पड़ी थी, जैसे उस घर ने भी उसकी उदासी को अपने अंदर समेट लिया हो।

वो अपने कमरे के एक कोने में चुपचाप बैठा था, आँखों के सामने उसके पापा की तस्वीर थी, जिसमें उनका प्यार, उनकी डाँट, और उनके सबक, सब कुछ था, और अब, अब बस एक खामोशी थी, एक खालीपन।

सार्थक दिनों से अपने कमरे से नहीं निकला था। अब उसके रिश्तेदारों के आने का सिलसिला भी लगभग खत्म हो चला था, कभी भूले-बिसरे किसी का फोन आ जाता तो भी वो बात नहीं करता। वो नहीं जानता था कि कब तक अपना हाल संभाल पाएगा या यूँ कहो कि वो अब अपना हाल संभालना चाहता ही नहीं था।

इसी उथल-पुथल के बीच उसके कमरे के दरवाज़े को किसी ने हल्का सा खटखटाया, पर सार्थक अपने ख़यालों में खोया रहा जैसे उसे वो सुना ही ना हो। अगले ही पल वो आवाज़ तेज़ हो गई, सार्थक जैसे सपने से जागा और दरवाज़े की तरफ बढ़ गया।

जैसे ही उसने दरवाज़ा खोला उसे निकिता दिखाई दी।

एक ही पल में सार्थक के चेहरे की उदासी और दुख पढ़कर निकिता की आँखें मुरझा गईं, वो उसी पल सार्थक को गले लगाना चाहती थी, पर सार्थक पीछे हट गया।

सार्थक ने उसके चेहरे की तरफ देखा, लेकिन उसके पास बोलने के लिए कुछ नहीं था। उसने बस एक क़दम पीछे हटकर उसे अंदर आने दिया। निकिता के क़दम जैसे ही कमरे

के अंदर पड़े, एक बेचैनी उसके साथ कमरे में भी घुस गई, लेकिन साथ ही साथ एक हल्का सा सहारा भी।

निकिता ने उसके आस-पास का सामान देखा, एक थाली जिसमें लगा हुआ खाना छुआ भी नहीं गया था, एक कप ठंडी चाय और एक न्यूज़पेपर जो लगता था कई दिनों से वहाँ पड़ा है, जैसे इस कमरे में वक़्त रुक गया हो, हर लम्हा बस सार्थक की सिगरेट के साथ जल कर भस्म हो रहा था।

"मुझे पता चला तेरे पापा के बारे में,"

उसने धीरे से कहा,

"मुझे नहीं पता मैं कैसे रिएक्ट करूँ... लेकिन मैं यहाँ आ गई,"

उसकी आवाज़ भारी थी, जैसे उसने भी कुछ खोया हो।

सार्थक ने आँखें झुका कर धीमी आवाज़ में कहा,

"तू क्यों आई है निकिता?" जैसे उसकी आवाज़ उसके दर्द से बिखर रही हो"

निकिता ने एक पल के लिए कुछ नहीं कहा, फिर अपनी साँस को संभाल कर बोली,

"मुझे पता है तुझे ज़रूरत है... चाहे मैं ही दूँ पर तुझे साथ चाहिए"

उसने बिना इंतज़ार किए उस थाली को उठाया और रसोईघर की तरफ चली गई। सार्थक वहीं चुपचाप खड़ा रहा, जैसे कोई सपना देख रहा हो। निकिता वापस आई तो एक नई प्लेट में गर्म खाना लेकर, और उसके सामने रख दिया।

"कुछ खा ले सार्थक,"

उसने कहा, एक नरमी भरी मज़बूती के साथ। जैसे उसके लफ़्ज़ों ने फ़ैसला कर लिया हो कि ये बात माननी ही है।

सार्थक ने खाने की तरफ देखा, और अनमना सा जवाब दिया,

"मुझे भूख नहीं है"

निकिता चुप रही, लेकिन उसकी आँखों में एक समझ थी, वो ख़ामोशी जो सिर्फ़ एक गहरी दोस्ती ही ला सकती थी।

उसने कुछ वक्त तक इंतज़ार किया, फिर न्यूज़पेपर उठाकर पढ़ने का नाटक करने लगी, लेकिन उसकी नज़र हर दो पल के बाद सार्थक पर लौट आती। आख़िरकार उसने एक गहरी साँस ली और पेपर नीचे रख सार्थक की तरफ मुड़ी,

"भूख है या नहीं... तू खा... तुझे अपना ध्यान रखना ही होगा"

उसने आख़िरी फ़ैसला कर लिया।

उसकी आवाज़ में एक नरमी थी, एक अपनापन था जो सार्थक ने बहुत वक्त से महसूस नहीं किया था। उसने उसे उन पुराने दिनों की याद दिला दी, जब सब कुछ आसान था, या शायद कम से कम आसान महसूस होता था। सार्थक समझ नहीं पाया कि वो कैसे पुरानी निकिता जैसी लग रही थी, जबकि वो निकिता अब बिलकुल अलग थी।

शायद ये ख़याल, ये शायद अपने दर्द को समेटे रहने की थकान थी, जो सार्थक को अंदर से तोड़ गई। उसने चम्मच उठाया, हाथ हल्का सा काँप गया, उसने एक छोटी सी गरााई तोड़ी।

"बहुत अच्छा,"

निकिता ने सार्थक को बढ़ावा देते हुए कहा जैसे किसी छोटे बच्चे का हौसला बढ़ा रही हो।

सार्थक चुपचाप निगलता गया, उसको कोई स्वाद नहीं आ रहा था। हर निवाले में उसका ग़म और बढ़ रहा था। निकिता ने उस उदास ख़ामोशी को भरने के लिए कुछ नहीं कहा, उसे पता था कि इस वक्त खोखले दिलासों की ज़रूरत नहीं। वो बस वहाँ बैठी रही, उसका वहाँ होना ही वो सब कुछ कह रहा था जो वो खुद नहीं कह पाई, कि अब वो सार्थक के पास है और जब तक कहीं नहीं जाने वाली जब तक वो उसे खुद नहीं कहता।

सार्थक ने जैसे-तैसे खाना खत्म किया। उसके उठते ही निकिता बड़े सलीके से बर्तन उठा ले गई। जब वो वापस आई उसके हाथ में पानी का ग्लास था जो उसने सार्थक को दिया और उसके करीब बैठ गई, इस बार पहले से थोड़ा और करीब।

"थैंक यू,"

सार्थक ने दबी आवाज़ में कहा, जैसे ये लफ्ज़ अनजाना अनकहा सा था।

उसे शायद पता भी नहीं था कि वो निकिता को थैंक्स क्यों कर रहा है, वहाँ आने के लिए, रुकने के लिए या फिर उसकी लाचारी को छुपाने के लिए।

निकिता मुस्कुराई, शायद कई दिनों के बाद सार्थक ने पहली बार उदासी के इलावा कुछ और महसूस किया।

"मैं यहीं रहूँगी सार्थक,"

उसने अपनी आवाज़ को मज़बूत रखते हुए कहा,

"जब तक तू ठीक नहीं हो जाता।"

उसके शब्दों में एक फ़ैसला था, जिसका जवाब सार्थक के पास नहीं था। इसलिए उसने बस हाँ में सिर हिला दिया।

आने वाले दिनों में, निकिता जैसे उसकी ज़िंदगी का ठहराव बन गई। सुबह उसे नाश्ता परोसने से शुरू कर रात के खाने तक साये की तरह उसके साथ रहती। उसे खाना खिलाती, बीच में कभी उसे बाहर पार्क ले जाती, और जब वो सो ना पाता तो उसके पास बैठी, इधर-उधर की बेकार की बातें करती रहती जब तक वो हार कर सो ना जाता। रात में कभी जब सार्थक सपने में बिलखने लगता तो उसे बाँहों में भर पलोसती, आँसू पोंछती, पानी पिलाती।

जब कभी सना का फोन आता तो वो फोन सार्थक को पकड़ा वहाँ से बाहर चली जाती। उसने कभी उन दोनों के बीच आने की कोशिश नहीं की।

ऐसा नहीं है कि वो सब कुछ परफेक्ट कर रही थी, ये सब निकिता के लिए भी आसान नहीं था। अब भी कुछ पल ऐसे आते थे जब सार्थक का दर्द उसे डुबोने की कोशिश करता, लेकिन हर बार, निकिता जैसे अपना हाथ बढ़ा, उसे वापस खींच लेती।

अपने दर्द के बीच, सार्थक ने निकिता की मौजूदगी में एक अजीब सी तसल्ली महसूस की, एक ऐसी तसल्ली जो उसके बदलते हुए जीवन में एक सहारा बन गई थी।

हर गुजरते दिन के साथ, सार्थक निकिता के सहारे होता गया। सिर्फ साथ के लिए नहीं, बल्कि इस तसल्ली के लिए भी कि वो इस सब में अकेला नहीं है। निकिता उसे अपने तरीके से उस दुनिया तक वापस लाने की कोशिश कर रही थी, जिसे सार्थक छोड़ चुका था।

लेकिन, इस नई नज़दीकी के नीचे कुछ ऐसे जज़्बात थे जिनके बारे में दोनों ने बात नहीं की थी। कुछ उलझे हुए एहसास, छुपा हुआ दर्द, और एक अनसुना वादा की उनके बीच कुछ बदल चुका है।

सार्थक के लिए ज़िंदगी जैसे एक लंबे अंधेरे से गुज़र रही थी। पापा के जाने के बाद, हर पल एक नई उदासी का बोझ लेकर आता, और हर सुबह अपने साथ एक नई तन्हाई। उसके दोस्त, उसकी माँ, और खुद सना, जो उसे फॉरेन हॉस्पिटल के फोन बूथ से कॉल करती थी, सब अपने तरीके से उसका हौसला बढ़ा रहे थे। लेकिन इन सबके बीच, एक निकिता ही थी जो उसके सबसे ज्यादा करीब थी।

उसके दोस्त कभी-कभी उसे चेहरे पे मुस्कान लाने की कोशिश करते, छोटी-छोटी बातें करते, लेकिन उनके समझाने के बावजूद सार्थक अपने आप से दूर चला गया था। उसकी माँ, जो अपने दर्द को छुपाने की पूरी कोशिश कर रही थी, अक्सर उसके पास बैठ कर उसके बालों में उँगलियाँ फेर देती, जैसे अपने सीने का बोझ उसे छूकर हल्का कर रही हो।

सना के फोन आते रहे। हर कॉल के पहले कुछ देर तक सिर्फ सन्नाटा होता, जैसे दोनों एक-दूसरे के दर्द को समझ रहे हो। फिर सना उसकी हिम्मत बनती, उससे कहती, "सब ठीक हो जाएगा सार्थक... तुम बस हौसला रखो"

लेकिन हर चेहरे के बीच, एक चेहरा था निकिता का, जो हर पल उसके साथ था। उसने उन दिनों सार्थक को अपनी ज़िंदगी बना लिया था, एक ज़रूरत की तरह, उसके होने से सार्थक अपने बोझ से एक पल के लिए निजात पाता। निकिता उसका ख़ास ध्यान रखती, उसे खिलाती, उसके

रोज़मर्रा के काम संभालती, और कभी-कभी बस वहाँ बैठे, एक नरम सा चुप सा सहारा देती।

दिन गुज़र रहे थे, और धीरे-धीरे सार्थक ने वापस जीने की कोशिश करनी शुरू की। निकिता के साथ, उसके दोस्तों के साथ, और सना के दूर होने के बावजूद भी करीब होने का एहसास उसे हर पल जीने का सहारा दे रहा था। धीरे-धीरे, उसने अपने आप को ऑफिस के काम में डुबाना शुरू किया, लेकिन अब भी हर पल एक नई कसक लेकर आता।

पर अब उस कसक के बीच, एक छोटी सी रोशनी थी। उसने अपने आप को समझाया कि जीना है, चाहे कोई भी वजह हो, चाहे कितनी भी मुश्किल हो।

सना के कॉल्स, माँ की चुप सी दुआएँ, और निकिता का साथ, सब ने मिलकर उसे फिर से जीना सिखाया।

धीरे-धीरे, सार्थक ने वापस ज़िंदगी को पाना शुरू किया। हर पल एक छोटी सी जीत बन गया और हर दिन एक नई कोशिश।

***

कुछ दिन बाद...

निकिता ने एक दिन सार्थक से कहा,

"तू बस ऑफिस और घर के बीच ही खत्म हो रहा है सार्थक... तुझे थोड़ा बाहर भी निकलना चाहिए... कहीं और जाने का मन ना हो तो मेरे घर ही आ जा... वरना घर पे बोर ही होता रहेगा!"

सार्थक पहले थोड़ा हिचकिचाया, लेकिन निकिता के ज़ोर देने पर उसने हाँ कर दी। पिछले कुछ हफ्तों से निकिता उसके लिए एक सहारा बन गई थी। उसका हर दिन, हर पल, निकिता की मदद से ही तो गुज़र रहा था। देर रात तक उसके साथ रहना, सुबह जल्दी उठ कर उसके साथ ऑफिस जाना, निकिता हर जगह थी।

सार्थक, निकिता के घर पहुँचा। उसने सार्थक को ड्रिंक दिया फिर दोनों बातें करने लगे। थोड़ी देर इधर-उधर की बैठ करने के बाद, निकिता ने प्ले स्टेशन निकाला और थोड़ा मुस्कुरा कर कहा,

"आज कुछ अलग करते हैं... खेलते हैं..."

सार्थक पहले थोड़ा सहमा, पर फिर धीरे-धीरे निकिता के साथ वीडियो गेम्स खेलने लगा। पहली बार, उसे लगा जैसे वो अपने दुख से कुछ देर के लिए दूर भाग रहा हो।

निकिता के साथ वो घंटों तक खेलता रहा, हँसता रहा। छोटी जीत पर एक-दूसरे को ताली देना तो बड़ी जीत पर उछल के गले लग जाना, जैसे ज़िंदगी ने कुछ पल के लिए ही सही, अपना रंग बदल लिया हो।

निकिता उसे ऐसे संभाल रही थी जैसे कोई किसी अपने को संभालता है।

खेलते-खेलते रात हो गई, स्कॉच की बोतल भी खत्म होने को थी, निकिता ने ग्लास में थोड़ी स्कॉच डाली और बोली,

"बस ऐसे ही जीने का मज़ा ले सार्थक... तू हमेशा इतना टेंशन क्यों लेता है?"

सार्थक के चेहरे पर एक थकी हुई सी मुस्कान थी, लेकिन अंदर से उसका दिल अब भी उलझन में था, सना की यादें अब भी उसके साथ साये की तरह थीं।

उनकी शाम यूँ ही बढ़ती रही, और निकिता की बातें सार्थक के दिल के बंद दरवाज़े पर दस्तक देने लगीं। निकिता ने गेम पॉज़ कर सार्थक की ओर देखा, उसकी आँखों में एक अजीब सी छनक थी, जैसे बहुत कुछ कहना चाह रही हो। फिर उसने अपना हाथ सार्थक के हाथ पर रखा और बोली,

"तू इतना आनस्ट और लॉयल क्यों है? कभी तो थोड़ा बे-लगाम बन!"

सार्थक कुछ कह पाता, उससे पहले ही निकिता उसके और करीब आ गई, उसने उसकी आँखों में देखा, जैसे हर जवाब वहीं ढूंढ रही हो। उसकी खुशबू, उसकी आँखों की चमक, उसके खुले हुए बाल, सब कुछ सार्थक की साँसों में घुलने लगे।

निकिता ने उसका चेहरा अपने हाथों में भर लिया और धीरे से उसकी तरफ झुकती हुई बोली,

"तुझे पता है... तू कितना खास है! तेरे जैसा कोई नहीं है सार्थक..."

उसकी आवाज़ में एक नरमी, एक मासूमियत थी, जैसे वो सब कुछ सिर्फ़ सार्थक के लिए कर रही हो।

सार्थक ने निकिता की तरफ देखा, लेकिन उसके दिमाग में अब भी सना का चेहरा था, सना की वो मुस्कान जो उससे दूर होने पर भी हमेशा उसके साथ थी। उसने निकिता का हाथ अपने चेहरे से हटा दिया,

"मुझसे नहीं होगा... निकिता"

निकिता ने एक पल के लिए अपनी नज़र झुकाई फिर एक कड़वी हंसी के साथ बोली,

"तू समझता क्यों नहीं सार्थक? तू कहाँ जी रहा है... किस दुनिया में?"

उसकी आवाज़ में अब हल्की सी चुभन थी पर उसने हार नहीं मानी।

अगली सुबह, जैसे ही सार्थक ऑफिस के लिए निकलने को था, उसके फोन पर निकिता का कॉल आया,

"ब्रेकफास्ट?"

उसने बेपरवाह अंदाज़ में पूछा, जैसे ये एक आम बात हो।

सार्थक मान गया, और जल्दी ही वो दोनों सार्थक के ऑफिस के पास एक छोटे से कैफे में बैठे हुए थे।

जब ब्रेकफास्ट के बाद सार्थक ऑफिस के लिए उठा, तो निकिता भी खड़ी हो गई और अपनी उसी शोख़ अदा से बोली,

"चल... तेरा ऑफिस भी देख लेती हूँ..."

सार्थक कुछ कह पाए उसके पहले ही वो उसके साथ चल पड़ी, और उस दिन के बाद ये एक रिवायत बन गई। हफ्ते में तीन-चार बार वो उसके साथ ब्रेकफास्ट पर मिलती और फिर उसे ऑफिस तक छोड़ने भी चल पड़ती, उसके सुबह के पलों में अपनी जगह बनाती हुई, जैसे वो हमेशा से ही उसका हिस्सा रही हो।

***

निकिता ने एक दिन फोन पर सार्थक से कहा,

"तुझे बाहर निकलने की आदत डालनी होगी सार्थक... हर वक्त एक जैसे रूटीन में अटका रहेगा तो कभी खुश नहीं रह पाएगा... एक फ्रेंड के यहाँ पूल पार्टी है... चलेगा?"

सार्थक ने एक ही पल में मना कर दिया,

"मुझे ऐसी पार्टीज अच्छी नहीं लगतीं"

निकिता चिढ़ गई,

"तू कब तक अपने आप को इतना बांध के रखेगा? चल ना... मैं भी चलूँगी... मुझे कंपनी चाहिए और वैसे भी मैं तेरे साथ रहूँगी तो मज़ा आएगा"

निकिता की खुशमिज़ाजी और उसका जज़्बा अब तक सार्थक को हमेशा उसकी मुसीबत के समंदर से खींच कर निकालता आया था, और शायद ये भी एक वैसा ही पल था, सार्थक ने हाँ कर दी।

पार्टी के दिन, सार्थक ने कैज़ुअल टी-शर्ट - जींस पहनी, लेकिन वहाँ पहुँच कर उसे समझ आया कि ये एक अलग ही दुनिया थी। हर तरफ लोग पूलसाइड पे ड्रिंक्स लेकर हँसी-मज़ाक में लगे हुए थे, कुछ लोग पूल में कूद रहे थे, और बाकी लोग बैठ कर रिलैक्स्ड तरीके से गपशप कर रहे थे।

सार्थक वहाँ बिलकुल अलग महसूस कर रहा था, जैसे इस भागती दुनिया में वो लंगर से बंधी कोई नाव बन गया हो, जो आगे बढ़ना ही नहीं चाहता था।

निकिता ने उसके पास आते हुए कहा,

"रिलैक्स कर सार्थक... सब कुछ इतना भी अजीब नहीं है"

लेकिन सार्थक अपने आप में सिमट रहा था। पार्टी की हलचल और उनका बे-बाक तरीका उसके बस के बाहर था। निकिता उसे एक पल के लिए अकेले छोड़ कर पूल के अंदर चली गई, पूल का मज़ा लेने। उसकी आवाज़, उसकी हँसी हर ओर गूँज रही थी।

कुछ देर बाद निकिता वापस आई, बदन से पानी टपकता हुआ, लेकिन उसके चेहरे पर एक नया रंग था, एक शरारत भरा अंदाज़। उसने अपने बालों को थोड़ा झटका और फिर सार्थक के क़रीब आते हुए बोली,

"कम विद मी..."

सार्थक ने पहले तो मना करने की कोशिश की, लेकिन निकिता ने उसका हाथ पकड़ लिया और अपने साथ ले गई,

"कुछ नहीं होगा... ट्रस्ट मी... जस्ट फॉलो मी,"

उसने मुस्कुराते हुए कहा।

दोनों एक कमरे में चले गए जो स्पेशली कपल्स क लिए अरेंज किए गए थे। सार्थक ने हालात को समझने की कोशिश की, निकिता का इरादा उसे साफ़ दिखने लगा।

निकिता ने उसकी तरफ पलट कर देखा, पानी से भीगी हुई, एक पल को उसने सार्थक के साथ आँखें मिलाई, और फिर धीरे से उसके क़रीब आई

"कब तक भागता रहेगा सार्थक..."

उसने धीरे से उसके कान में कहा।

सार्थक ने अपने मन की बात कहने की कोशिश की, लेकिन वो कुछ कह पाता उससे पहले ही निकिता ने उसका हाथ अपने हाथों में पकड़ कर उसकी तरफ झुकते हुए कहा,

"मैं तेरे साथ हूँ... हमेशा के लिए"

सार्थक के दिल की धड़कन अब तेज़ हो गई थी। उसने अपने हाथ हटा लिए, लेकिन निकिता उसकी तरफ झुक गई, अपनी बातों से उसके दिल के दरवाज़े पे दस्तक देने लगी थी,

"तू कभी खुद के लिए कुछ नहीं करता सार्थक,"

उसने कहा, अपने चेहरे को उसके क़रीब लाते हुए,

"क्या तू मेरे लिए कुछ कर सकता है?"

सार्थक ने अपनी नज़र झुका ली, लेकिन निकिता ने फिर उसका चेहरा अपने हाथों में भर लिया, अपने होंठों को उसके होंठों के बिलकुल क़रीब ले आई। लेकिन, सार्थक ने अपने दिल के पहलुओं में अब भी एक जगह सना के लिए रखी हुई थी। सना की यादें, उसके वादे, और उसकी मुस्कान अब भी उसके साथ थे।

निकिता ने उसकी आँखों में देखा, फिर एक थकी हुई सी हंसी के साथ कहा,

"तू अब भी उसी के साथ है... है ना?"

सार्थक ने अपने अंदर की उलझन को छुपा कर सिर्फ एक हल्का सा सिर हिला दिया। निकिता ने अपने हाथ हटा लिए, लेकिन उसकी आँखों में एक दर्द था, जैसे उसने कुछ खोया हो जो शायद उसका था ही नहीं।

कमरे की उस खामोशी में, निकिता और सार्थक के बीच एक ऐसी दूरी बन गई थी जो सिर्फ वक़्त ही मिटा सकता था। निकिता ने फिर कुछ नहीं कहा, बस एक लंबी सांस ली, और सार्थक से थोड़ा दूर हट गई।

***

अगली सुबह, सार्थक के फोन की घंटी बजती रही। उसने बेचैन सी नींद से आँखें खोली और देखा निकिता का फोन आ रहा था। एक पल के लिए उसने सोचा कि फोन ना उठाए, लेकिन फोन लगातार बजता ही जा रहा था।

उसने जैसे ही फोन उठाया, दूसरी तरफ से निकिता की आवाज़ एक छुरी की तरह उसे छेद गई,

"सार्थक... कुछ बातें समझ नहीं आती मुझे,"

निकिता कहते-कहते रुक गई, उसकी आवाज़ गहन थी, जैसे पहले कभी ना होती,

"पिछले कई हफ़्तों से सार्थक... मैंने अपना हाल भूल तुझे संभाला है... क्योंकि मुझे लगा तू मेरे अपना है... और लगे भी क्यों ना... तूने ही मुझे ऐसा सोचने पर मजबूर भी तो किया था... क्या तू सब भूल गया?"

सार्थक ने चुपचाप सुना, निकिता का हर लफ़्ज़ उसके दिमाग में गूंज रहा था।

"लेकिन तू..."

निकिता एक गहरी साँस ले कर बोली,

"तू शायद बदल गया है... या यूँ कहूँ कि तूने कभी भी मुझे उस नज़र से नहीं देखा... तुझे लगता है ना कि मैं वही लड़की हूँ जो एक वीडियो से डिफाइन होती है? तेरा प्यार सिर्फ एक सो-कॉल्ड 'क्लीन' इमेज वाली देवी माँ के लिए है?"

उसकी आवाज़ तेज़ होती गई, जैसे उसके अंदर का ज़हर घुल के उसकी ज़ुबान पर आ गया हो।

सार्थक ने समझाने की कोशिश की, लेकिन निकिता के ग़ुस्से ने उसे कुछ कहने का मौक़ा ही नहीं दिया,

"क्या तुझे अब भी लगता है कि मैं उस वीडियो की वजह से किसी के प्यार के लायक नहीं हूँ?"

निकिता की साँसें तेज़ हो गई थीं, उसकी आवाज़ अब सार्थक को चुभने लगी,

"और जब मैंने अपना सब कुछ तेरे लिए खर्च कर दिया... खुद को भूल कर बस तेरी फिक्र की... तब भी... तब भी तूने मुझे अपना नहीं माना..."

सार्थक के चेहरे पर एक अजनबी सी उलझन थी, जैसे सब कुछ तेजी से उसके आस-पास से गुज़र रहा हो और वो नशे में डूबा कुछ पकड़ ही ना पा रहा हो।

"बस,"

निकिता ने थोड़ा संभल कर कहा,

"शाम को मुझे बनारस के लिए निकलना है... एक दोस्त की शादी है वहाँ... तू अगर ठीक समझे तो मुझे स्टेशन तक छोड़ देना... दुबारा कभी तेरे सामने नहीं आऊंगी!"

सार्थक ने हाँ कर दी, लेकिन वो अब भी एक अजीब सी बेचैनी में डूबा हुआ था। निकिता ने फोन काट दिया, लेकिन उसकी बातें अब भी सार्थक के दिमाग में गूंज रही थीं।

***

सार्थक के लिए निकिता का फोन किसी हादसे से कम ना था। निकिता के लफ्जों में छुपी कड़वाहट ने उसके दिल में एक चुभन छोड़ दी, एक ऐसी चुभन जो अब उसका सुकून छीन रही थी। उसका मन जज़्बातों के सागर में गोते खाने लगा, उसे लगा शायद अब वक्त आ गया है कि वो निकिता को वो सब कुछ दे जो वो चाहती है, जिस पर उसका हक है।

सार्थक उसके घर के नीचे पहुँच गया और उसको मैसेज भेज उसका इंतजार करने लगा। निकिता कुछ देर बाद निकली, आज उसके चेहरे पे हमेशा की वो मस्तियाँ और बेपरवाह मुस्कराहट नहीं थी। उसने चुपचाप गाड़ी का दरवाजा खोला और बिना एक भी लफ्ज़ कहे अंदर बैठ गई। गाड़ी अपने रास्ते पर चलती रही, और उस पीछे वाली सीट पर खामोशी गहराती गई।

सार्थक ने उसके चेहरे की तरफ देखने की कोशिश की, लेकिन निकिता ने एक पल के लिए भी उसकी तरफ नज़र नहीं उठाई। स्टेशन पर पहुँच कर, दोनों प्लेटफार्म की ओर चल पड़े। ना ही सार्थक ने निकिता का बैग उठाया, ना ही उसके लिए कुली बुलाने की कोशिश की। इतने पास होते हुए भी जैसे दोनों के बीच एक गहरा दरिया था, एक दूरी जो लफ्जों से नहीं, बस एहसासों से भरी थी।

प्लेटफार्म पर भीड़ थी, लेकिन उनके आस-पास एक अलग सी खामोशी छाई थी। निकिता अपने आँसुओं को दबाए हुए थी, पर उसके चेहरे की लकीरों में छुपा दर्द उसके सब्र का बोझ बयान कर रहा था। जैसे ही ट्रेन आई, सार्थक के अंदर कुछ टूट गया।

धीरे से उसने निकिता की तरफ एक कदम बढ़ाया और बिना कुछ कहे उसे अपनी बाहों में भर लिया, सार्थक के सीने से लगते ही निकिता के ठहरे हुए आँसू बाढ़ से बह निकले।

उसका दिल तेज़ धड़क रहा था, लेकिन उसकी छुअन में एक ऐसी नरमी थी जो उनके रिश्ते को फिर से जोड़ने की कोशिश कर रही थी। सार्थक निकिता के गाल को अपने हाथ से सहलाने लगा, जैसे उसके आँसुओं का बोझ अपने हाथों में ले लेना चाहता हो।

उसी खामोशी में, सार्थक ने उसके करीब जा धीरे से कहा,

"मेरे साथ चलो... कुछ मत पूछो... बस मेरे साथ चलो"

उसकी आँखों में एक शिद्दत थी जैसे आज वो निकिता का हर सपना पूरा कर देने वाला हो।

निकिता ने एक पल के लिए उसकी आँखों में देखा, जैसे उसके दिल की गहराई को समझने की कोशिश कर रही हो। फिर, बिना कुछ कहे, उसने अपना हाथ सार्थक के हाथ में रख दिया। ट्रेन के हॉर्न की गूंज ने प्लेटफार्म को भर दिया, लेकिन उन दोनों के बीच एक अनकही साझेदारी हो गई थी, जैसे उस पल में सब कुछ बिना लफ्जों के कह दिया गया था।

सार्थक उसका हाथ थाम कर उसे वापस ले गया, और बिना कुछ और सोचे-समझे एक होटल की तरफ चल पड़ा।

रात अब भी एक अजीब सी रौनक लिए हुए थी, लेकिन उस रौनक के पीछे एक गहरी खामोशी छुपी थी, जैसे वो खामोशी उन दोनों की कहानी को अपने आगोश में समाए बैठी हो।

***

कमरे की मंद रोशनी के बीच निकिता का चेहरा बिजली की तरह चमक रहा था। उसकी आँखों में ऐसी शिद्दत दिख रही थी, जो सार्थक ने पहले कभी महसूस नहीं की थी। वो एक-दूसरे की ओर मुंह करके खड़े थे और उनके बीच की चुप्पी लफ़्ज़ों से कहीं भारी जान पड़ती थी।

निकिता ने सार्थक को पुरजोशी से चुमना शुरू किया। सार्थक झिझक रहा था, उसने अपने हाथ बाँध रखे थे, कभी उन्हें निकिता के कंधों पर ले भी जाता तो ये फैसला ना कर पाता कि उसे अपनी ओर खींच ले या रुके। पर निकिता ने ऐसी कोई झिझक नहीं दिखाई, उसने सार्थक का कॉलर पकड़कर उसे अपनी ओर खींचा और इस तरह चुमने लगी जैसे उसके होंठ नोच खाना चाहती हो।

निकिता का सार्थक को चुमना गहराता गया, उसके नाखून सार्थक के बदन में गड़ने लगे। उसकी छुअन बिल्कुल भी नरम नहीं थी, उसकी हर हरकत में एक जल्दबाज़ी थी जैसे वो इसी पल उन दोनों के दुखों को मिला कर एक कर देगी। हर एक चुम्बन के साथ निकिता के हाथ और सख्त हो जाते, हर एक हरकत के साथ वो सार्थक को और कस लेती, जैसे वो सार्थक की तरफ से भी वही इकरार मांग रही हो।

निकिता के इस तूफ़ान में सार्थक घिर सा गया, उसके अपने जज़्बात अनसुने अनकहे तरीकों से बाहर आने लगे। जैसे ही उसको लगने लगा कि वो निकिता का पागलपन संभाल लेगा, निकिता ने अपने आप को पीछे खींचा और एक ज़ोर का तमाचा उसके गाल पर मारा, एक तीखी आवाज़ जो कमरे के सन्नाटे को चीर गयी।

सार्थक का चेहरा सन पड़ा गया सिर्फ थप्पड़ से नहीं, पर उस बोझ से भी जो उस थप्पड़ के साथ उसने महसूस किया।

निकिता की आवाज़ काँप रही थी,

"ये... ये हर उस आंसू के लिए है जो मैंने तेरी वजह से बहाया है सार्थक"

उसकी आँखों में नफरत नहीं थी, बस एक चुभन थी, एक दर्द था, एक जज़्बात जो सिर्फ तब आता है जब इंसान अपनी पूरी रूह से प्यार करे और उसे बदले में कुछ ना मिले।

वो अपना गुस्सा नहीं दिखा रही थी बल्कि सार्थक से उस प्यार की अक्क्नॉलेजमेंट मांग रही थी जो उसने उसपर लुटा दिया था।

सार्थक ने कोई शिकायत नहीं की, उसने चुपचाप वो थप्पड़ अपनी तक़दीर के हिस्सों की तरह कबूल कर लिया।

और फिर अगले ही पल निकिता ने फिर से सार्थक को अपने क़रीब खींच लिया, अपने काँपते हाथों में उसका चेहरा भर लिया, वो उसे फिर चूमने लगी। इस शिद्दत से मानो वो अब अपने बीच की हर दूरी मिटा देना चाहती हो। उनकी साँसें एक होने लगीं, उनके कपड़े धीरे-धीरे गिरते गए, जैसे पुराने रिश्तों का बोझ उतर रहा हो।

अब कोई झिझक बाकी नहीं थी, बाकी थी तो बस एक वहशत जो उन दोनों पर हावी हो चुकी थी। निकिता की हर एक हरकत, हर एक चुम्बन, सार्थक से उसका हक़ मांग रहे थे, उससे उसे ही मांग रहे थे, जैसे वो असल में उसी का हो।

"तुझे कभी समझ भी आता है सार्थक?"

निकिता ने भारी आवाज़ में कहा,

"कितना दर्द दिया है तूने मुझे..."

सार्थक के पास कहने के लिए कुछ नहीं बचा था, वो बस अब अपने दर्द को इन पलों में बंद करने की कोशिश कर रहा था। उसने निकिता को और ज़ोर से कस लिया।

वो रात कुछ अलग ही थी, प्यार, मायूसी और गुस्सा एक साथ जज़्बात बन बह रहे थे। निकिता ने सार्थक के बदन को अपने प्यार की निशानियों से भर दिया था, जैसे उसके दिल पर लगा हर घाव उसने सार्थक के बदन पर उतार दिया हो। वो दोनों ही अपने अपने दर्द की आग में खप गए, उनकी एक दूजे में उलझी सांसों के अलावा वहां कुछ और नहीं बचा।

आख़िर आख़िर बिस्तर में निढाल पड़े वो दोनों, अपने जज़्बातों के भंवर से नीचे उतर एक दूसरे को निहारने लगे। निकिता सार्थक की छाती पर सिर रख लेट गई और सार्थक अपने बदन पर उसकी बनाई निशानियों को हाथ से टटोलने लगा। शायद अब कोई तरीका नहीं बचा था चीजों को पलटने का, उनके दर्द और उनके प्यार को अलग करने का। सार्थक सोचने लगा कि जैसे निकिता के पागलपन ने उन दोनों के अंदर कुछ जोड़ सा दिया हो, जैसे आज कुछ बरसों का बिगड़ा, ठीक हो गया हो।

सुबह जब सार्थक घर जाने को हुआ तो निकिता कमरे के दरवाज़े के सामने ज़मीन पर बैठ गई। उसके चेहरे पर एक अजीब सी बेचैनी थी, जैसे हर पल उसे और करीब खींच लेना चाहती हो।

अगले दो दिन तक उसने सार्थक को कमरे से बाहर निकलने ही नहीं दिया। उसे ऐसे अपने गले से लगाकर रखती जैसे उसे एहसास हो कि ये वक़्त लौटकर वापस आने वाला नहीं,

"तू कहीं नहीं जाएगा, सार्थक,"

उसने काँपती आवाज़ में कहा,

"मुझे नहीं पता तुझे क्या चाहिए, पर मुझे पता है कि मुझे सिर्फ तू चाहिए... बस यहीं रह... मेरे साथ"

निकिता ने उसकी टी-शर्ट का कॉलर कसकर पकड़ा और और आगे बोली,

"अगर तुझे जाना है, तो मुझे भी ले चल अपने साथ!"

सार्थक उसकी आँखों में देखता रहा, जैसे किसी गहरे समंदर में डूब रहा हो, और उसे खुद भी समझ नहीं आ रहा था कि इस तूफान से कैसे बाहर निकले।

दूसरी तरफ, सार्थक के फोन पर सना के मैसेजेस और कॉल्स लगातार आते रहे, लेकिन सार्थक उन्हें बस चुप्पी से नजरअंदाज़ करता गया। वो निकिता की आँखों के सूनेपन में ऐसा डूबा था कि कुछ वक़्त के लिए अपनी पूरी दुनिया से अलग हो जाना ही उसे अच्छा लगने लगा।

***

सार्थक के घर पहुँचते-पहुँचते रात का सन्नाटा गहरा गया। जैसे ही उसने अपने कमरे का दरवाज़ा खोला, सना उसके गले में बाहें डाल उससे लिपट गई। उसने धीरे से सार्थक का माथा चूमा और उसे अपने आगोश में कस लिया और धीमी आवाज़ में बोली,

"सार्थक... तुम्हें पता है... तुम्हारे बिना रहना कितना मुश्किल था? मैं तुमसे दूर होकर भी हर पल तुम्हारा दर्द महसूस करती रही हूँ... मैं सोचती रही... मेरा सार्थक अपने पापा के बिना कैसे जी रहा होगा? तुम्हारे पास नहीं होने का ये दर्द मैंने हर पल जिया है..."

उसकी आवाज़ में उसके आँसू सुनाई देने लगे, उसने आगे कहना शुरू किया,

"मैं हर पल अपने आप को कोसती रही कि मैं आख़िर तुम्हें छोड़ मम्मी के साथ गई ही क्यों... पर सार्थक किसी को नहीं पता था पापा ऐसे अचानक हमें छोड़ कर चले जाएँगे... पर अब... अब मैं आ गई हूँ... तुम्हारे हर दर्द और दुख को अपने अंदर समा लेने के लिए!"

सार्थक की आँखों के आगे दुनिया घूमने लगी, उसके हाथ पाँव ठंडे पड़ने लगे। उसे समझ ही नहीं आया कि उसे अब क्या करना है। जैसे उसने कभी सोचा ही ना हो कि सना के वापस आने पर क्या होगा।

कहीं ना कहीं वो ये भी जानता था कि निकिता के साथ बिताए पिछले कुछ दिन उसे सना से हमेशा के लिए दूर ले जा चुके हैं और उसके दिल में चाहे सना के लिए कुछ भी जज़्बात हों, उनके अब कुछ मायने नहीं। आख़िरकार उसने ही तो सना और अपने रिश्ते को निकिता के पागलपन की बलि चढ़ा दिया था, उसने ही तो सना का हर सपना निकिता

के बिस्तर पर लुटा दिया था। उसके पास अब सना को देने के लिए एक धोखे के अलावा बचा ही क्या था!

सार्थक चाहे कितना भी चाह लेता ऐसा तो नहीं हो सकता था कि वो दोनों चाँद और सूरज की तरह उसकी ज़िंदगी की दिन और रात बन जाएँ, सुबह और शाम बन जाएँ।

अगले ही पल उसने अपना फ़ैसला कर लिया। सना के आगोश के जवाब में उसने उसे अपनी बाँहों में नहीं कसा, ना ही उसके आँसुओं का जवाब अपने आँसुओं से दिया।

सना भी आहिस्ता-आहिस्ता उसकी बेरुख़ी को भाँप गई। सार्थक से अलग हो उसने उसकी आँखों में देखना चाहा, पर सार्थक ने आँखें झुका ली। उसके चेहरे पर वही सन्नाटा था जो उसने अस्पताल से ही ओढ़ रखा था, उसने बोलना शुरू किया,

"सना... ये दुख मेरा अपना है... और इसे जीने का अधिकार भी सिर्फ़ मुझे ही है... जो हो रहा है ऐसा मैंने भी कभी नहीं चाहा था... पर क़िस्मत शायद हमें नदी के दो किनारों की तरह ही रखना चाहती है... इसमें ना तुम्हारी कोई ग़लती है और ना ही मेरी..."

सना सोफे पे गिर पड़ी। उसने एक गहरी आह भरी और सार्थक को देखती रही। सार्थक ने उससे आजतक इतनी बेरुख़ी से बात नहीं की थी। उसे एहसास होने लगा था कि शायद उसकी बसी बसाई दुनिया किसी तूफ़ान की नज़र हो तबाह हो चुकी है।

उसने उस समय पीछे हट जाना ही मुनासिब समझा, और सार्थक की तरफ़ देख बोली,

"तुम मुझे अपने दुख पर भले ही आज हक़ मत दो... लेकिन ये बात याद रखना कि तुम्हारा मुझ पर पूरा हक़ है... बस एक आवाज़ कर देना सार्थक... जो तुमने सोचा भी नहीं होगा वो भी तुमपे वार के फेंक दूँगी..."

उसकी आवाज़ में गुस्सा और दुख छलक गए, उसके आँसू बहते रहे और वो सार्थक के कमरे का दरवाज़ा बंद कर बाहर चली गई।

सार्थक के दिल के अंदर कुछ टूट गया, उसने कभी नहीं सोचा था कि ये पल उस पर इतने भारी गुज़रेंगे। जो सार्थक पापा के जाने से लेकर अभी तक अपने होश संभाले था, वो बिलख-बिलख कर रोने लगा। अंधेरे कमरे में अकेला, बिना किसी सहारे के, वो पूरी रात रोता रहा। अपने पापा की मौत पर नहीं, बल्कि अपने और सना के रिश्ते की मौत पर।

***

165

सार्थक अगली सुबह उठा तो सना का ख़त उसे मिला, शायद वो कल जाती-जाती ही उसके लिए लिख छोड़ गई थी।

———

सार्थक तुम हमेशा मुझसे ये पूछते हो ना कि मैं तुम्हारे हाथों की लकीरों में क्या ढूंढती रहती हूँ... वहाँ मैं अपने आप को ढूंढती हूँ और हमेशा ढूंढ भी लेती हूँ...

पर मैंने कभी अपने हाथों की लकीरों में तुम्हें नहीं ढूंढा... शायद तुम वहाँ मिलो भी नहीं!

"मेरी आँखों में झाँक कर देखो

डोर साँसों की थाम कर देखो

रूह से लग के मेरे ख़्वाब बुनो

दिल की धड़कन कान धर के सुनो

हर जगह एक छब तुम्हारी है

प्यार का तो नहीं पता मुझको

आस पर हर घड़ी तुम्हारी है

एक एहसास है मैं तेरी हूँ

और विश्वास के तू मेरा है

मेरे एहसास की क़सम रख लो

मेरे विश्वास का भरम रख लो

हाथ हाथों में थाम कर मेरे

मेरी आँखों में आँख डाल सनम

अपनी इस दिलरुबा से ख़ानम से
माँग लो ख़ुद को अपनी जानम से

एक पल में निकल कर खुदसे
यार तुमको मैं सौंप दूँगी तुम्हें

बाद उसके यार तेरी कसम
कोई मेरा यहाँ वजूद नहीं
कोई हस्ती नहीं हुसूद नहीं
जैसे मैं इस ज़मीन पे हूँ ही नहीं
जैसे मैं इस ज़मीन पे थी ही नहीं"

तुम्हारी सना

रेत

सूरज की रोशनी पर्दों से छनती हुई कमरे में हर ओर बिखर गई, पर सार्थक के मन में अभी भी अँधेरा था।

सार्थक ना जाने कब से, कुर्सी पर ही जमा बैठा था। हाथ में सना का ख़त और मन में सना के लफ़्ज़ों की गूंज लिए।

उस ख़त का हर लफ़्ज़ मानो सना का दिल बन धड़क रहा था। हर एक बात सार्थक के दिल के उन कोनों को छू रही थी, जिन पर कभी सिर्फ़ सना का हक़ था और सार्थक, उन लफ़्ज़ों में छिपे जज़्बातों के बोझ तले दबता चला जा रहा था।

उसका मन बेचैन हो उठा। वो उस ख़त को जितनी बार भी पढ़ता, उसका हर लफ़्ज़ उसे एक पुरानी याद में ले जाता। वो उन पुराने दिनों में खोने लगा। सना की हँसी उसके कानों में गूंजने लगी, उसकी मौजूदगी की गरमाहट उसे महसूस होने लगी। कोचिंग इंस्टीट्यूट के कॉरिडोर में सुनी उसकी पायल की छन-छन उसे फिर से सुनाई देने लगी।

पर आज, उसके ये लफ़्ज़, उसका प्यार, उसकी फ़रियाद, सार्थक को एक अलग ही एहसास करा रहे थे।

उसके अपने गुनाह उसे हर ओर से घेरने लगे। सना का प्यार अब भी उसके हर ग़म को पी लेना चाहता था, पर वो

पहले ही उससे दूर हो चुका था, इतना दूर कि अब उसके पास वापस जाने का कोई रास्ता नहीं था।

उसे सना की बातें चुभने लगीं। उसने सोचा कि कैसे वो लड़की अभी भी वही मासूमियत लिए उसका साथ देने को तैयार थी। उसके कहे लफ़्ज़ वो अब तक सुन पा रहा था,

"तुम मुझे अपने दर्द पर हक़ दो या ना दो... पर याद रखना... तुम्हारा मुझ पर पूरा हक़ है..."

अंदरखाते वो जानता था कि वो खुद भी अब वो आदमी नहीं बचा था जिसे सना उसमें ढूंढ रही थी।

उसका मन उसे फिर निकिता की ओर ले गया। उसकी अफ़रातफ़री से भरी दुनिया, उसका पागलपन, उसका गुस्सा, और उसकी फ़रियाद अपने अलग तरीक़े से। उसने उसे पिछले दिनों बहुत गहरे अंधेरों से निकाला था, वो उसे उसके मन के उन कोनों से खींच के लाई जहाँ शायद वो खुद भी नहीं पहुँच पाता। इसी कारण से वो उसकी ओर चला गया था। वो सोचने लगा, क्या उसे आज इस उलझन से निकलने के लिए भी निकिता के पास ही जाना चाहिए। आख़िरकार आज के दिन सार्थक के मन की टीस उससे बेहतर और कौन ही समझ सकता है।

उसने ठान लिया कि वो सना का ये ख़त जाकर निकिता के हाथ धर देगा और फिर उससे ही पूछेगा कि उसे क्या करना चाहिए, वही उसको इस तूफ़ान से बाहर खींचेगी।

उसने सना का ख़त मोड़ कर अपनी जींस की जेब में डाला और अपने मन में एक उम्मीद ले निकिता के घर की ओर हो लिया। वो अपने अंदर के तूफ़ान को शांत करना चाहता था, शायद निकिता के ज़रिए अपनी ग़लतियों के अंजाम से बचना चाहता था।

कहीं ना कहीं वो ये भी जानता था कि उसने जो राह चुनी है, उससे चीज़ें और खराब भी हो सकती हैं। आखिरकार वो अपने दिल के सबसे गहरे राज़ एक ऐसी लड़की के सामने रखने वाला था जो रौशनी के साथ-साथ एक गहरा काला अंधेरा भी लाती थी। पर वो ये जान चुका था कि अब उसे अपना सामना करना ही होगा। जो वो पहले सना के साथ था और जो वो अब निकिता के साथ बन गया है, इनमें से एक सार्थक को उसे अब चुनना ही होगा।

***

सना की पूरी जिंदगी का निचोड़, वो खत, सार्थक ने जाकर निकिता के हाथ में धर दिया। निकिता के मन में हजारों सवाल दौड़ गए। उसने सोचा सना ने ऐसा क्या ही लिख दिया होगा जो सार्थक यूं तड़प उठा है। उसने उस कागज के टुकड़े को खोला और उसके हर लफ्ज़ को महसूस करने की कोशिश करने लगी। उसकी आँखों में अजनबी एहसास भर गए, सना के प्यार की सच्चाई से उसके मन में खौफ उतरने लगा, उसका मन जल उठा।

उसने एक गहरी सांस ली और अपने सारे जज्बात अपने अंदर छुपा लिए, एक सख्ती की चादर ओढ़ ली। वो कभी सार्थक की ओर देखती और कभी सना के खत की ओर। वो हर एक लफ्ज़ के साथ उसके प्यार में और गहरी उतरती जाती।

उसने अपने होंठ सिकोड़ लिए। उसके चेहरे पर एक कड़वी मुस्कान आ गई, जैसे सना के लफ्जों का मजाक उड़ा रही हो, उसने बोलना शुरू किया,

"तो ये है सना का प्यार? ये जो तुझे एक फरिश्ते की तरह अपने दर्द में अपनाने का दावा कर रही है?" उसने कभी तेरा असली दर्द महसूस किया है सार्थक? या बस एक सपने में जीती रही है तेरे साथ?"

निकिता के लफ्ज़ सार्थक को एक तमाचे की तरह लगे। उसे उसके चेहरे के पीछे छुपे जज्बात दिखने लगे थे, वो जज्बात जो सिर्फ तब आते हैं जब प्यार सिर्फ हक से बढ़कर एक जुनून बन जाता है।

उस कागज़ पर उसकी पकड़ और मजबूत हो गई, जैसे वो उस कागज़ को मसल देना चाहती हो। लेकिन उसने अपनी आँखों में प्यार उतार लिया और उसने सार्थक से कहा,

"मैं तेरा दर्द नहीं पी सकती सार्थक... पर मैं उस दर्द को जीने के लिए तेरे साथ हूँ..."

उसकी आवाज़ इतनी धीमी थी कि मुश्किल से ही सार्थक के कानों तक पहुँच रही थी। उसकी आँखों में अचानक से एक डर दिखने लगा, एक कमजोरी जो पहले कभी ना दिखती थी।

उसने फिर अपनी नजर खत पर डाली और बोली,

"वो तुझे एक ख्वाब में जीना चाहती है सार्थक... एक फ़र्ज़ी दुनिया... जहाँ सिर्फ वो तेरी दिलरुबा है और तू सिर्फ उसका होने के लिए ही है... पर तेरा सच अलग है... तेरा ये सच... ये पागलपन... ये सिर्फ मैं समझती हूँ..."

उसकी आँखें चमक उठीं,

"अगर तुझे वापस वो फ़र्ज़ी सुकून चाहिए तो जा उसके पास... लेकिन अगर तू सच को जीने के लिए तैयार है तो यहाँ मेरे पास रह..."

सार्थक कुछ ना कह सका और इस पल का फायदा उठा निकिता उसके दिल में और गहरी उतरने लगी, उसको अपने अंदर डुबा लेने के लिए। उसने अपनी आवाज़ और नरम कर ली और बोली,

"मुझे कभी लगा ही नहीं था के तू ये प्यार का टुकड़ा मेरे सामने लाएगा सार्थक... पर ये मत सोच के मैं इस कागज़ के टुकड़े से हार मान लूँगी... तू और मैं जो हैं वो हैं... वो कभी बदल नहीं सकता... कभी नहीं..."

वो सार्थक पर टकटकी लगाए बोलती जा रही थी,

"मैं जान गई हूँ सना का प्यार खूबसूरत है... मासूम है... पर मैं उसकी तरह कभी नहीं बन सकती... और तुझे ये भी

तो सोचना पड़ेगा कि क्या तू वापस वो सार्थक हो सकता है जो उसके साथ था?”

निकिता ने एक कदम पीछे खींचा पर उसकी आँखें सार्थक पर ही गड़ी रहीं। उसकी आवाज़ में अब एक शिद्दत उतर आई,

“मैं तेरा हर अंधेरा झेल सकती हूँ... तेरे हर जज़्बात की साथी हूँ... पर ये खयाली सुकून और मासूमियत के पीछे भागना बंद कर...”

उसके लफ्ज़ हवा में तैरते तीर से सार्थक को टुकड़ों में काटने लगे। उसे पता था कि उसकी बातें ठीक हैं, अब छुपने की कोई जगह नहीं बची है। निकिता ने भी आज अपना दिल निकाल के सार्थक की हथेली पर रख दिया था, अपनी चुभने वाली सच्चाई के साथ। उसने साफ कह दिया कि उसे सार्थक पूरे का पूरा चाहिए, उसके हर अंधेरे, हर पागलपन और हर डर के साथ।

सार्थक के सीने में एक बोझ सा महसूस होने लगा, जैसे सना के प्यार का वज़न और निकिता के दावे, एक साथ उसके दिल को दबा रहे हो। उसने निकिता की आँखों में देखा, और उस पल उसे एहसास हुआ कि उसका प्यार एक आग की तरह है, गहरा, धधकता हुआ, और एक ऐसी हकीकत जो वो ना तो टाल सकता था और ना ही छुपा सकता था।

जब निकिता का तूफ़ान थमा, तो सार्थक ने बोलना शुरू किया। उसकी आवाज़ में एक गहराई थी, जैसे वो अपनी जिंदगी का सबसे बड़ा फैसला कर रहा हो,

“निकिता... मेरा यहाँ होना और ये खत तेरे हाथ में रख देना क्या तुझे ये समझाने के लिए काफ़ी नहीं कि मैंने क्या चुना है... क्या तुझे दिखाई नहीं देता कि मैं तुझसे फैसला

नहीं माँग रहा बल्कि तुझसे तुझे माँग रहा हूँ... मैं तुझे सब सच बता देना चाहता था निकिता और वो करने का इससे अच्छा तरीका मुझे नहीं मिला...”

सार्थक की आँखों से उसका दर्द बहने लगा, वो आगे बोलता गया,

“मैं और तू... बिलकुल तेरे लफ़्ज़ों में... जो हैं वो हैं और कभी नहीं बदल सकते... इसी तरह मैं और सना भी पिछले दस सालों से एक थे... मैं तो तेरा हाथ पकड़ आगे बढ़ गया पर वो... वो अभी भी वहीं खड़ी है... और मुझे लगता है कि मुझे उसे सब सच बताना चाहिए... जो है जैसा है... सब सच...”

वो कहते कहते बीच में रुका और उसने अपने आँसू पोंछे, और फिर आगे बोलने लगा,

“पर मैं ये कर नहीं पा रहा हूँ... और मुझे इसमें तेरी मदद चाहिए... बस... और कुछ नहीं”

ये कह कर वो चुप हो गया।

निकिता को वो मिल गया जो वो चाह रही थी। उसने सार्थक को गले से लगा लिया और उसके कान में बोली,

“ठीक है... ये इनाम का टीका भी मेरे माथे पर सही...”

***

174

सार्थक के घर...

रात भी सना की क़िस्मत की तरह खामोश थी, जैसे अपने अंदर सब कुछ लील जाना चाहती हो। ऐसा पहली बार तो नहीं था जब सार्थक ने सना को अपने जन्मदिन पर अपने घर बुलाया था, वो ऐसा हर साल ही करता था, पर इस बार बात अलग थी। यूरोप से वापस आने के बाद ये सना की सार्थक से दूसरी मुलाक़ात थी।

जैसे ही वो सार्थक के कमरे में घुसी उसका दिल बैठ गया, उसने ख़्वाब में भी नहीं सोचा था कि निकिता वहां होगी।

सना की आँखें कभी सार्थक को तो कभी निकिता को निहारती। निकिता बड़े ही आराम से बैठी थी, उसकी मौजूदगी उसके अधिकार का एहसास करा रही थी। उसके चेहरे पे एक बनावटी मुस्कान थी जैसे उसको पता हो कि उसे देख सना को कितना बुरा लग रहा है।

सार्थक ने सना को देख, मज़ाक में, उन दोनों को आपस में मिलवाया जैसे वो जानता ही ना हो कि उनके बीच आँखों ही आँखों में क्या चल रहा है। सना के दिल में एक अजीब सी बेचैनी थी जो कोशिश करने पर भी उसका साथ नहीं छोड़ रही थी।

उसे याद आया अपना सोल्वा बर्थडे जिस दिन उसने सिर्फ सार्थक को अपने घर बुलाया था। उन दिनों, उसकी हंसी और प्यार पर सिर्फ सना का हक़ था, पर आज, आज बात अलग थी। उसे साफ़ दिखाई दे रहा था कि सार्थक ने अपने प्यार का एक हिस्सा निकिता को दे दिया है, वो प्यार जो उसके नसीब में अब कभी वापस नहीं आने वाला।

वो फिर सार्थक की ओर देखने लगी, देखने लगी कि कैसे वो आज उसे भूल, निकिता में खोया है। जैसे वो अपनी आँखें घुमाता, निकिता की बातों पर हंसता, सना के दिल में एक टीस सी उठ जाती। सना आज पहली बार अपने आप को सार्थक के घर में मेहमान पा रही थी, जैसे उसने उसे अकेला छोड़ दिया हो, पराया कर दिया हो।

उसका दिल बैठ गया, शायद पहली बार उसे एहसास हुआ कि सार्थक उससे कितना दूर जा चुका है। जो बात उसका दिल अभी तक जानते हुए भी मानना नहीं चाहता था वो आज उसे अपने दिल को समझानी ही पड़ी।

अगले ही पल सार्थक ड्रिंक्स लेने किचन में चला गया, निकिता और सना अब अकेली पड़ गईं। सना सीधी तन के बैठी थी, अपने चेहरे पे एक भरोसा लिए जबकि निकिता सोफे पर आराम से हाथ फैलाकर बेफ़िक्री से बैठी हुई थी।

तभी सना की आवाज़ ने वहाँ फैली चुप्पी तोड़ी, उसने निकिता को लगभग फटकार लगाते हुए कहा,

"निकिता... सार्थक मेरा सपना है और मैं उसका... तुम्हें कोई हक़ नहीं बनता हमारे सपने के बीच आने का... हमने अपनी ज़िन्दगी के दस साल इस रिश्ते को दिए हैं... तुम ऐसे एक दिन में इसे ख़त्म नहीं कर सकती"

निकिता पे जैसे उसकी बात का कोई असर ना हुआ,

"दस साल हो गए तो क्या हुआ संध्या? अब तक तुम्हारा सपना किसी अंजाम पर तो नहीं पहुंचा ना... और वैसे भी मैं अब सार्थक को सपनों की दुनिया में और नहीं रहने दूंगी... तुम उसका एक ऐसा सपना ही तो हो जो असल में कभी पूरा नहीं होने वाला" उसने सना की बातों का मज़ाक बनाते हुए जवाब दिया।

सना की आवाज़ में ग़ुस्सा छलकने लगा, वो बोलती गई,

"तुम्हें क्या लगता है कि तुम्हारा पागलपन... तुम्हारे काले अंधेरे... उसे मुझसे दूर ले जाएंगे? उसको भले ही तुम्हारे अंधेरे आज पसंद आ रहे हों पर देख लेना आखिर में वो लौट आएगा... मेरे पास ही... क्योंकि उसने हमेशा मुझे अपनी ज़िंदगी का सूरज माना है... और अपने सूरज के बिना वो जी ही नहीं सकता!"

निकिता की आँखों में जैसे ख़ून उतर आया, शायद सना ने ऐसा सच बोल दिया था जो निकिता सुनना नहीं चाहती थी।

लेकिन इससे पहले कि निकिता कुछ कह पाती, सार्थक हाथ में ग्लास लिए सामने से चलता हुआ आ पहुंचा, वहां उबलते तूफान से अंजान, उन्हें ड्रिंक्स ऑफर करने लगा।

उन दोनों ने अपने चेहरे पर नक़ाब चढ़ा लिए, जैसे वहां कुछ हुआ ही ना हो, पर उन दोनों के लिए ही वहां बैठना मुश्किल होता जा रहा था।

सना ने अपने आप को संभालने के बहाने वॉशरूम की तरफ़ क़दम बढ़ाए। उसे निकिता के लफ़्ज़ों से उठती चुभन को शांत करना था, उस दर्द को दबाने की कोशिश करनी थी जो उसके दिल के हर कोने में महसूस होने लगा था।

ठंडे पानी के छींटे चेहरे पर मारते ही उसने एक गहरी साँस ली। लेकिन तभी, वॉशरूम का दरवाजा धीरे से खुला और निकिता अंदर आ गई। उसकी आँखों में अभी भी वही जुनून था। वो उसी शिद्दत के साथ सना के बिलकुल करीब जा लगी जैसे अपनी मौजूदगी से ही वहां अपना अधिकार जमा रही हो।

निकिता ने अपने हाथों से वॉशरूम के छोटे से शीशे को थाम लिया, जैसे उसने सना के आईने पर भी अपना हक़ जता दिया हो। उसके चेहरे पर एक तीखी मुस्कराहट थी, जैसे वो सना के दर्द में अपनी जीत का रंग भर देना चाहती हो।

सना की धड़कनें तेज़ होने लगीं, उसने अपनी पलकें झुका लीं। वो उसी पल वहां से बाहर निकल जाना चाहती थी, लेकिन तभी निकिता ने उसी जुनून और जज़्बात से उसकी तरफ़ देखा और बोली,

"हो सकता है तुम्हारी बात सही हो... हो सकता है मेरे अंदर सब काला हो... हो सकता है तुम्हारे अंदर भी सब काला हो... शायद ऐसा ही है... हां ऐसा ही है... और उसको... उसको ये काला पसंद है... इसीलिए उसने हमें एक-एक कर पसंद किया...

और तुम संध्या... तुम उजाले में सपने देखने वाली लड़की हो... उसके दिल के गहरे कोनों का वो काला हिस्सा जो मुझे दिखाई देता है तुम वहां तक पहुँच ही नहीं पाती... हम दोनों का वो एक ऐसा राज़ है जो तुम कभी समझ नहीं पाओगी..."

ये कह के उसने सामने खड़ी सना के होंठों को सख़्ती से चूमा और वॉशरूम का दरवाज़ा पटक के बाहर निकल गई।

निकिता के यूँ ज़बरदस्ती किस करने से सना के चेहरे पर निकिता की लिपस्टिक फैल गई, बिलकुल उसी तरह जिस तरह निकिता के आ जाने से उसका रिश्ता बिखर गया था।

सना ने लिपस्टिक को साफ करने की कोशिश की, जैसे वो सिर्फ अपने चेहरे से नहीं बल्कि अपने दिल से भी निकिता के निशान मिटा देना चाहती हो। पर उसकी हर कोशिश के बावजूद, वो काली लकीरें और गहरी होती जा रही थीं।

उसको शायद यक़ीन होने लगा था कि यही उसके रिश्ते का अंजाम है। सार्थक का पागलपन उसे निकिता की हरकतों में से झलकता हुआ नज़र आया, उसको एहसास हो गया था कि सार्थक को निकिता के आगोश से निकाल कर लाना अब उसके बस का रोग नहीं।

सार्थक वहीं दरवाज़े के पास ठहरा रह गया, आँखों में हैरानी और दिल में एक अजीब सी कसक लिए। खुले दरवाज़े से जो उसने देखा, उस पर यक़ीन कर पाना उसके लिए मुश्किल हो रहा था। उसी पल से जैसे निकिता उसे अंजानी सी लगने लगी, जैसे वो उसे जानता ही ना हो। सना के चेहरे पर फैली निकिता की काली लिपस्टिक शायद उसके दिल में गहरा अंधेरा बन उतर गई।

दरमियाँ

सार्थक अपने कमरे की खिड़की के पास शाम की ढलती रोशनी में बैठ, कल की सियाह रात को याद कर रहा था। शाम की आख़िरी किरणों को धीरे-धीरे अंधेरे में घुलता हुआ देख रहा था, हर पल के साथ जैसे उसके सपने कहीं गुम होते जाते, जैसे हर पल उसके गले में पड़ा फंदा और कसता जाता।

वो ये पहले से जानता था कि सना और निकिता के बीच एक गहरा तनाव है, एक ऐसा टकराव जो उनके बेतहाशा जज़्बातों का नतीजा था। पर कल जो कुछ हुआ, उसने जैसे उसके दिल पर एक गहरा निशान छोड़ दिया, एक ऐसा घाव जो सिर्फ उसके और निकिता के रिश्ते को ही नहीं, बल्कि उसके अपने भरोसे को भी जला कर राख कर सकता था।

निकिता का इस बेतरह सना को चूमना सिर्फ सना की ही तोहीन नहीं थी, सार्थक की भी तोहीन थी, निकिता के लिए उसके प्यार की भी तोहीन थी। एक पैग़ाम था सार्थक की हर ग़लतफ़हमी को काटता हुआ, उसके दिल के हर भरम को दूर कर देने वाला।

पहली बार उसने सना का दर्द देखा, उसकी मायूसी महसूस की, लफ़्ज़ों के परे, उसकी चुप में, उसकी आँखों की थकावट में। निकिता की उस एक हरकत ने उसे निकिता

के साथ बिताए हर लम्हे को नई नज़र से देखने पर मजबूर कर दिया।

उसे एहसास होने लगा कि निकिता की तरफ़ उसका खिंचाव हमेशा से ही निकिता के अंदर छिपे अंधेरों के कारण था, कहीं ना कहीं उसके अपने दिल के कोनों में बसे अंधेरे ही उसे निकिता की तरफ़ ले गए थे। वो जैसे अपनी गलतियों और कमज़ोरियों को छुपाए बिना अधूरी सी आगे बढ़ती, सार्थक उसमें अपना अक्स देखता। उसके अधूरेपन में सार्थक खुद को ढूंढता, वो सार्थक जो उसे सना के प्यार में कभी नहीं मिला।

पर कल, उस एक पल में, उसने निकिता का एक अलग ही रूप देखा, जैसे वो अपने ज़हर से सना के वजूद को ही मिटा देना चाहती हो।

शायद, उस एक बेरहम पल ने उसे सोचने पर मजबूर कर दिया, जैसे उसे सब साफ़ साफ़ दिखने लगा। किस तरह निकिता सब लील जाना चाहती थी, किस तरह वो अपने अंधेरे सना के नाज़ुक मन में भर देना चाहती थी। उस एक पल ने उसे मजबूर कर दिया, कि वो अपनी सच्चाई का सामना करे।

कैसे ये दोनों रिश्ते, जज़्बातों का एक तूफान बन, उसे घेरे हुए थे। एक ऐसा तूफान जिसमें वो चक्रव्यूह की तरह बस फँसता जा रहा था, जैसे उसके गले में पड़ा फंदा और कसता जा रहा हो।

उसे एहसास हुआ कि उसके दिल में सना के लिए इज़्ज़त और सम्मान की लौ अभी भी जल रही थी। वो हमेशा ही उसकी ज़िंदगी का ठहराव रही, कभी ना बुझने वाले सूरज की तरह। पर निकिता, उसके साथ, उसे बिलकुल अलग तरह के

एहसास होते, एक ऐसी हमदर्दी जो उन अंधेरों से पनपी थी जो वो आपस में बाँटते थे।

पर उस पल जब उसने सना की रुसवाई देखी तो वो जान गया कि निकिता उसके लिए एक सुकून नहीं, बल्कि एक क़ैद बन गई है, एक ऐसी क़ैद जिससे वो अगर अभी नहीं निकला तो शायद कभी नहीं निकल पाएगा। दूसरी ओर सना उसके जीवन में एक ऐसा सूरज बन चुकी थी जिसमें मिलकर भी उसका अपना वजूद मिट ही जाना था।

सार्थक ने फ़ैसला कर लिया, सिर्फ़ अपने लिए नहीं, बल्कि उन दोनों के लिए भी। वो नहीं चाहता था कि उन में से कोई भी अब और दर्द सहे।

उसे पता चल गया कि अब दूर जाने का वक़्त आ गया है, सिर्फ़ उन दोनों से नहीं बल्कि उस सार्थक से भी जो उन दोनों के दरमियाँ वो खुद बन बैठा है।

वो उन में से किसी भी प्यार को ठुकराना नहीं चाहता था पर शायद अपने आप को समझने के लिए उसे आज़ाद होना ही था, सना के प्यार के समंदर और निकिता के पागलपन, दोनों से।

पिछले दस सालों में शायद पहली बार, उसके मन से आवाज़ आई। वो अपनी पहचान अब प्यार में नहीं, बल्कि अपने अंदर तलाशना चाहता था, अपने आप को वापस पाना चाहता था, वही सार्थक बनना चाहता था जिसका सपना लेकर वो पहले दिन उस कोचिंग इंस्टिट्यूट के लिए अपने घर से निकला था।

मैं अपने आप में तुमको धुआँ धुआँ मिलता
तुम अगर लौट भी आती... तो तुमको क्या मिलता!

तुम्हारे बाद सब मौसम बदल चुके थे यहाँ
सुबह के रंग भी शामों से ढल चुके थे यहाँ
ना ही वो रंग, ना ख़ुशबू, ना कोई आस बची
ज़रा भी ज़िंदगी कहाँ अब मेरे पास बची
ना ही वो लफ़्ज़, ना लहजा, ना इदराक बचा
जले मंज़रों की ख़ाक कोह-ए-राख़ बचा
इसी राख़ में डूबा हुआ समा मिलता
तुम अगर लौट भी आती तो तुमको क्या मिलता!

यहाँ एक उम्र हो चुकी है सिया रात हुए
तमाम शहर-ए-तमन्ना भी खंडरात हुए
इन्ही खण्डरों के बीच मैं दबा मिलता
तुम अगर लौट भी आती... तो तुमको क्या मिलता!

◆◆

तलाश

दिल्ली, सन् 2019

अपने घर की बालकनी में बैठा सार्थक आसमान के बदलते रंगों को देख रहा था, अंधेरा छंटने लगा था, हर ओर नारंगी रोशनी फैल रही थी।

सार्थक अपनी कहानी लिखता, आख़िरी पलों पर आ पहुँचा था, उसका मन वक़्त में पीछे झांक, अपने फैसलों को परखने लगा। उसको आज भी अपने पापा के वो लफ़्ज़ याद थे जो उन्होंने कूलर संभालते हुए उससे कहे थे,

"पुरानी चीज़ों को संभालने की कोशिश हमें ज़रूर करनी चाहिए।"

वो सोचने लगे कि कैसे उस वक़्त बस एक छोटी सी लगी बात उसकी ज़िंदगी के सबसे अहम फैसलों की नींव बनी।

सना और निकिता को छोड़ देना उस वक़्त नामुमकिन लगता था पर आज, आज आठ साल बाद उसे एहसास था कि वो एक फैसला उसकी ज़िंदगी का सबसे सटीक फैसला साबित हुआ। नफ़रत और दर्द को अपने दिल से बाहर निकाल सिर्फ़ प्यार को बटोर लेने से ही वो ख़ुद को संभाल पाया, ख़ुद को समझ पाया,

"मैंने उन रिश्तों को नहीं बचाया... प्यार को बचा लिया,"
उसने धीमी आवाज़ में ख़ुद से कहा।

अचानक उसके मन में सवाल आया, क्या उसने पापा की दी सीख को सच में निभाया? क्या उसने ख़ुद को, उन रिश्तों को, उस प्यार को संभाला?

"पापा..."

उसने धीमे से कहा, जैसे उनसे बात कर रहा हो,

"आपने कहा था कि चीज़ों को संभालना चाहिए... और मैंने वही किया... मैंने उन रिश्तों को जाने दिया... लेकिन प्यार को पकड़े रखा और उस प्यार ने मुझे संभाल लिया..."

उसने डायरी बंद की और खिड़की से बाहर देखा, बिल्कुल उसकी ज़िंदगी की तरह, रात के अंधेरों को पीछे छोड़ आसमान भी अब सूरज की रोशनी से भर चुका था।

सना और निकिता के साथ बिताए पल अब उसके पास नहीं थे पर उन पलों में बसा प्यार अब भी उसके साथ था।

"मैंने आपको निराश नहीं किया पापा,"

उसने धीमी आवाज़ में कहा।

अचानक हवा में एक हल्की ठंडक महसूस हुई, जैसे किसी अनजान ताक़त ने उसे थाम लिया हो, जैसे पापा ने उसके कंधे पर हाथ रख उसे संभाल रहे हों, जैसे वो उससे कह रहे हों,

"तूने ठीक किया बेटा... बिल्कुल ठीक!"